www.tredition.de

AF185203

Monika Maria Schäfer

Naturjuwel

lebensberatender Roman

© 2016 Monika Maria Schäfer

Verlag: tredition GmbH, Hamburg

ISBN
Paperback: 978-3-7345-4818-5
Hardcover: 978-3-7345-4819-2
e-Book: 978-3-7345-4820-8

Printed in Germany

Naturjuwel

„So, das war's dann wohl", sagte sich Katharina laut und deutlich mit Tränen in den Augen. Traurig legte sie ihr Handy zur Seite und schüttelte resigniert den Kopf. Sie konnte einfach nicht verstehen, warum die wirklich lange Freundschaft so enden musste. Sie hatte vor einigen Wochen von ihrer Freundin einen Brief bekommen, in dem diese ihr einen großen Fehler vorwarf. Katharina war sich ihrer Schuld nicht bewusst und suchte immer wieder das Gespräch. Doch ihre ehemalige Freundin blockte alles ab. Katharina verstand die Enttäuschung ihrer Freundin, aber nicht die Tatsache, dass sie ihren Fehler nur schriftlich mitgeteilt bekam.

Nach dieser letzten SMS, auf die sie wieder keine Antwort bekommen hatte, versuchte sie sich nun auch von der Freundschaft zu verabschieden. „Alles hat seine Zeit, und was kommt, muss so sein!" sagte sie sich und versuchte sich mit diesen Worten zu trösten. „Das Leben geht weiter, Katharina", munterte sie sich selber auf. Katharina war alleine zu Hause, ihr Ehemann war arbeiten und die Kinder waren schon vor langer Zeit aus dem Elternhaus ausgezogen. Sie hatte in diesem Lebensabschnitt viel Zeit zum Nachdenken, da sie sich von einer Krankheit erholen durfte und noch nicht gesund war.

Etwas gedankenlos öffnete sie eine Zeitschrift, die ihr eine Nachbarin geschenkt hatte. Sie las verschiedene Artikel, jedoch wanderten ihre Gedanken immer wieder zu der Trennung von ihrer langjährigen Freundin. Doch dann las sie die Anzeige, die klein am Rand der Zeitschrift stand.

Schreibseminar im kleinen Künstlerhaus 'Naturjuwel'.

Schreiben Sie sich glücklich und finden Sie Ihre Mitte.

Katharina las die Annonce wieder und wieder. Längst wusste sie, dass dieses Künstlerhaus nur ca. 50 km von ihrem Wohnort entfernt lag, und dass selbst sie, die nicht gern Auto fährt, dorthin finden würde. Sie wollte gern an diesem Seminar teilnehmen, erstens, weil sie gerne schrieb, und zweitens, weil sie etwas Abwechslung nach dem Krankenhausaufenthalt und der anschließenden Genesungszeit brauchte. Aber sofort meldete sich diese, ihr sehr bekannte, aber blöde innere Stimme, die sie immer zum Zweifeln brachte, und flüsterte ihr zu: „Katharina, was willst du denn dort? Sooo gut kannst du ja nicht schreiben! Wovon willst du denn die Kursgebühr bezahlen? Wer kocht denn dann für deinen Mann? Und wer verwöhnt die Kinder, wenn sie vielleicht mal heimkommen?"

Katharina schlug mit der Faust auf den Tisch. Sie sagte nun zu sich selber: „Und ob ich das kann, und wenn nicht, dann lerne ich einfach etwas Neues und meiner Seele tut das mit Sicherheit auch gut!"

Sie hatte noch etwas Geld gespart, das für die Kursgebühr reichte.

Also meldete sie sich zu diesem Seminar an und plötzlich fühlte sie sich zufrieden und ein kleines bisschen gesünder.

Zur gleichen Zeit wachte Josefine an diesem Morgen auf. Draußen regnete es und es war kalt. Josefine zog sich die Decke über den Kopf und ihr kleiner Hund Ernesto kam schnuppernd zu ihr. Ernesto liebte es, morgens ein bisschen zu Josefine ins Bett zu klettern. Josefine ließ das gerne zu, sie mochte es sehr gern, das kleine Hundeherz und Ernestos Wärme zu spüren. Ihr Mann war schon zur Arbeit und ihr Sohn zur Schule. Josefine kümmerte sich um den Haushalt und die Pferde und Hühner. Da war immer genug zu tun. Nach der kleinen Kuschelrunde begann nun auch für sie dieser Tag.

Nachdem sie Ernesto ausgeführt und die Küche aufgeräumt hatte, gönnte sie sich mit einer Tasse frischem Kaffee die Lektüre ihrer Onlinezeitung. Josefine liebte das Internet mit all seinen Möglichkeiten. Sie kaufte über das Internet ein und erarbeitete sich mit Hilfe des Internets viele Fähigkeiten, die ihr in ihrer Arbeit im Haus und auf dem Hof nützlich waren, und ja, sie las diese Onlinezeitung, in der auch sie das Inserat **„Schreibseminar im kleinen Künstlerhaus"** fand.

Zuerst las sie darüber weg, doch dann wurde ihr der Name 'Naturjuwel' bewusst. Sie war eine Frau, die die Natur sehr schätzte und die mit der Natur im Einklang lebte. Sie sah es als natürlich an, dass die Haare mit den Jahren ergrauten und sich in einem Gesicht, das schon lange in die Welt blickte, Falten bildeten. Sie legte keinen Wert auf dekorative Kosmetik oder schicke Kleidung. Einfach und zweckmäßig waren ihre Lebensansprüche. Aber sie hatte auch ihre Freude an schönen Steinen, gern auch als Schmuckstücke. Daher eröffnete der Name 'Naturjuwel' eine spannende Welt für sie. Sie gab diesen Namen in die Suchmaschine ein und auf dem Bildschirm ihres Laptops erschienen Bilder, die ihr Herz höher schlagen ließen. Das kleine Künstlerhaus 'Naturjuwel' lag inmitten grüner Wiesen an einem Waldrand. In direkter Nähe war ein Wasserfall, der einen kleinen Bach nährte. Und auf der Wiese vor dem kleinen Künstlerhaus standen verschiedene Bänke oder dicke Steine, die zum Ausruhen oder zum Ausüben verschiedener Künste wie Schreiben oder Malen einluden. Auf dem Foto lag die Wiese sonnenüberflutet unter strahlend blauem Himmel, aber Josefine konnte sich den Ort auch bei Schnee oder Regen vorstellen. Dieser Ort hatte sie sofort verzaubert und sie wollte ihn kennenlernen. Deshalb telefonierte sie gleich mit ihrer Freundin und fragte, ob diese sich für die Zeit des Seminars um die Tiere kümmern könne. Als ihre Freundin ihr zugesagt hatte, meldete sie sich direkt zum Seminar an. Sie konnte den Termin fast nicht mehr erwarten.

Giselle saß am Empfang der neuen Praxis, die ihr Mann vor kurzer Zeit eröffnet hatte. Sie koordinierte alle Termine, nahm die Patienten in Empfang und unterstützte ihren Mann bei seiner Arbeit. Giselle war das, was man eine tolle Frau nennen konnte. Sie sah toll aus mit ihrer schlanken, jedoch weiblichen Figur. Sie trug ihr schwarzes, glänzendes Haar an diesem Morgen offen. Das sah zu ihrem roten Strickkleid, das ihre schöne Figur betonte, sehr schön aus. Giselle hatte für alle Menschen ein offenes Ohr und half jedem, der sie um Hilfe bat. Sie war eine sehr geschickte Näherin und hatte, bevor ihr Mann seine Praxis eröffnet hatte, einen kleinen Hutladen besessen. Sie nähte sehr individuelle Hüte und versorgte kranke Menschen, deren Haare ausgefallen waren, mit schönen Mützen. Giselle liebte Menschen und die Menschen liebten Giselle.

An diesem Morgen kamen viele Menschen in die Praxis. Inmitten des Betriebs kam Giselles Mann plötzlich zu ihr, umarmte sie und überreichte ihr einem roten Umschlag. Er sagte zu ihr: „Du bist das Beste, was das Leben mir geschenkt hat. Nun möchte ich dir mal etwas schenken." Giselle freute sich total, und weil ihr Mann so liebevoll lächelte, öffnete sie den Umschlag sofort.

Sofort fiel ihr das idyllische Foto des kleinen Künstlerhaus 'Naturjuwel' in die Hände. In der von ihr geliebten Schrift ihres Mannes standen auf einem Herz aus rotem Papier folgende Worte: „Zeit für dich. Lass deine Seele zu dir finden, in Schrift, im Atmen und im Sein!"

Giselle war sehr gerührt, als ihr ihr Mann dann den genauen Text des Angebots vorlas: *„Das kleine Künstlerhaus 'Naturjuwel' lädt Sie dazu ein, im Schreiben, in der Meditation, bei einer Massage zu sich und zu einen kleinen Abstand zum Alltag zu finden."*

Giselle strahlte ihn an, als er dann sagte: „Mein Schatz, das hier ist dein Ticket zu einer wirklich wertvollen Auszeit, die ich für dich gebucht habe. Ich möchte dir damit eine Freude machen und Danke sagen für alles, was du für mich machst. Du bist für diese Zeit von allem, was mit Arbeit in Verbindung steht, befreit." Dann nahm er noch ein Päckchen hervor, das er die ganze Zeit hinter seinem Rücken versteckt gehalten hatte.

Giselle bedankte sich bei ihm mit einem liebevollen Kuss. Dann durfte sie das Päckchen öffnen. Es enthielt ein wunderschönes Notizbuch, ein traumhaft weiches Badetuch und die Körperlotion, die sie sehr liebte. Giselle freute sich sehr auf diese, ihr geschenkte Auszeit.

Renate spülte gerade ihr Frühstücksgeschirr, als sie im Radio von diesem Gewinnspiel hörte. Ein ihr noch unbekannter Autor veranstaltete ein Schreibseminar in einem kleinen Künstlerhaus. Wer es jetzt während eines bestimmten Liedes schaffte, im Sender anzurufen, konnte diese ganz besondere Auszeit gewinnen. Renate steckte zurzeit in einer schwierigen Lebensphase, denn ihr Mann hatte sie vor einiger Zeit wegen eines jüngeren Manns verlassen. Diese Tatsache schmerzte sie immer noch sehr, wenn sie daran dachte. Ihr ehemaliger Ehemann war schon immer ein ganz besonderer Mensch gewesen. Er war sensibel für alle Belange, die sie hatte. Er versuchte sie auf Händen zu tragen. Er hatte zwar immer einen vollen Terminkalender, schaffte es aber immer wieder, schöne Momente für sie und die gemeinsamen Kinder zu schaffen. Bis zu dem Tag, als er ihr sagte, dass er einen anderen Mann liebte. Allein beim Gedanken daran erschauderte sie. Diesem Tag folgten tränenreiche Tage und Nächte. Die Zeit hatte sie sehr viel Kraft gekostet, aber nun waren Renate und ihre Kinder daran gereift und sie konnte mit der aktuellen Lebenssituation umgehen. Ihr Mann hatte ihr das Haus überlassen und die Kinder hatten ihre Ausbildungen fast abgeschlossen und somit spürte sie jetzt etwas mehr Gelassenheit als in der Vergangenheit.

Renate hatte immer wieder Phasen, in denen sie glaubte, alles im Griff zu haben. Dann folgten Tage des Zweifelns. Der Gedanke „Pech in der Liebe, Glück im Spiel!" kam ihr gerade in den Sinn, als das gesuchte Lied im Radio erklang. Schnell wählte sie die Telefonnummer zum Gewinnspiel. Sie hörte im Telefon das Zeichen, das ihr klar machte, dass die Leitung frei war. Renates Herz klopfte in großer Vorfreude, als der Moderator ans Telefon kam und ihr sagte: „Herzlichen Glückwunsch! Sie haben die wundervolle Auszeit im 'Naturjuwel' gewonnen!"

Renate plauderte noch etwas mit dem sympathischen Moderator, der ihr dann die Reiseunterlagen so bald wie möglich zusenden wollte. Zum Abschluss des Gespräches verabredete sich Renate noch mit dem Moderator, um ihm nach dem Seminar zu berichten, wie es gewesen war. Für Renate war dieser Tag nun gerettet und sie hatte etwas, worauf sie sich freuen durfte.

An diesem Morgen lag Anastasia noch im Bett. Sie wollte die Augen öffnen, doch das klappte nicht so wie sie es wollte. Ihr Kopf war schwer und ihr Mund völlig ausgetrocknet. Langsam kam die Erinnerung der letzten Nacht zurück. Ja, sie war in dieser angesagten Tanzbar. Ja, da war dieser gutaussehende Herr, der sie immer wieder zum Tanzen aufgefordert hatte. Ja, und dann fielen ihr die vielen Cocktails ein, die sie mit diesem Mann geschlürft hatte. Plötzlich war sie hellwach! Was war in der Nacht geschehen, nachdem sie die Tanzbar verlassen hatte? War sie alleine nach Hause gegangen? War er mitgekommen? Mit geschlossenen Augen tastete sie neben sich im Bett. Nein! Gott sei Dank, sie war allein! Aber was war das? Auf dem Kopfkissen neben ihr lag ein Zettel, der aus ihrem Notizbuch rausgerissen war. Darauf stand: „Guten Morgen, du Wildkatze! Ich hoffe, dein Kater heute Morgen ist zahmer als du es letzte Nacht warst! Ruf mich an, ich warte auf dich und will wieder so eine heiße Nacht erleben." Anastasia wurde noch übler als ihr vorher schon gewesen war. Vorsichtig und ängstlich vor dem, was sie zu sehen befürchtete, schaute sie unter die Bettdecke. Nein, das durfte alles nicht wahr sein, sie war nackt. Im Zeitlupentempo kam ihr die vergangene Nacht wieder in den Sinn. Wie konnte sie es immer wieder zulassen, sich von fremden Männern so verführen zu lassen? Die Erinnerung an seine Hände und an seine Küsse gaben ihr aber schnell eine Antwort auf diese Frage. Sie liebte es einfach, von Männern verwöhnt zu werden, aber sie hatte sich doch vorgenommen, in Zukunft etwas sorgfältiger auszuwählen, wer das durfte. Nun war nichts mehr daran zu ändern und sie legte den Zettel mit der Telefonnummer auf ihren Schreibtisch. Sie wollte sich erstmal duschen und sich wieder hübsch machen, denn ihr Motto war: „Wenn man selber schön ist, ist die Welt es auch!"Anastasia legte großen Wert auf ihr Aussehen. Nach der Dusche und nachdem sie sich schön eingecremt hatte, zog sie ihren schicken kurzen Rock und eine kleine Bluse an. Dieses Outfit brachte ihre schlanke Figur am besten zur Geltung. Dann föhnte sie sich ihre lockigen Haare, die in einem tiefen, warmen Rotton schimmerten. Anastasia kochte sich einen Kaffee und nahm die Tageszeitung. Die Berichte über Politik und andere Katastrophen mochte sie nicht. Sie interessierte sich nur für Schönheit und Schönheiten. Auf einer dieser Seiten sah sie dann das Inserat: *„Wollen Sie sich einmal etwas Gutes tun, einmal etwas anderes erleben? Dann kommen Sie zu unserem Seminar, lernen Sie schreiben, entspannen Sie in dieser herrlichen Umgebung. Kommen Sie zum kleinen Künstlerhaus 'Naturjuwel!'"* Anastasia hatte zwar nicht viel Interesse am Schreiben, aber die Aussicht auf einige interessante Tage, vielleicht mit spannenden Männern, ließ sie über eine Teilnahme an dieser Auszeit nachdenken. Zuerst überprüfte sie ihren Kontostand, ob sie sich die Kursgebühr leisten konnte. Es ging, denn ihr letzter Freund hatte ihr nicht ganz freiwillig eine größere Spende zukommen lassen, weil sie seiner Frau nichts von der Affäre gesagt hatte.

Da Anastasia ihr Leben ohne Arbeit lebte, konnte sie das Seminar sofort buchen und überlegte auch gleich, welche Garderobe sie einpacken sollte. Aber es dauerte ja noch etwas bis zu dem Termin. Bis dahin konnte sie noch einiges erleben.

Dominikus bereitete sich auf das kommende Schreibseminar vor. Er freute sich sehr darauf. Er liebte das kleine Künstlerhaus und erwartete gespannt, welche Teilnehmer am kommenden Wochenende kommen würden.

Dominikus traf Absprachen mit Alena, die die Meditationen übernehmen sollte, und mit Frank, der für die Exkursion und die Massagen zuständig war, und mit beiden gemeinsam, was die vorzubereitenden Mahlzeiten betraf. Ihm war es wichtig, dass alles möglichst gut geplant war.

Alena war eine sympathische junge Frau, die eine wertvolle Ruhe ausstrahlt. Auf sie konnte er sich absolut verlassen. Mit Frank hingegen hatte er immer wieder das eine oder andere Problem, was den Umgang mit den weiblichen Kursteilnehmern betraf.

Dominikus war ein schlanker Mann, der mit seinem halblangen, lockigen Haar und seinen blauen Augen manchmal engelsgleich wirkte. Dominikus liebte es zu schreiben und auch andere Menschen in die Kunst der Literatur einzuweihen.

Natürlich war es für ihn immer wieder eine Herausforderung, den Kurs so zu gestalten, dass alle Teilnehmer Spaß daran hatten. Er hatte ein Programm festgelegt, das verschiedene Stilrichtungen für die neuen Literaten bereithielt. Er wollte vielleicht auch einige Zeilen aus seinem neuen, noch titellosen Roman vorlesen, aber das sollte nur ein Randakt werden. Dominikus wollte sein Wissen und sein Können über die Kunst des Schreibens so gern weiter geben, denn er war der Ansicht, dass diese ihm von Gott gegebene Gabe zu wertvoll war, um sie nur für sich selbst zu nutzen.

Dominikus gab sich jetzt gerade einem Tagtraum hin. Er sah einige Menschen vor sich, die mit Blöcken auf der Wiese saßen und Geschichten, Briefe und Gedichte schrieben. Auf diese Weise konnte die Kunst des Schreibens diesen Menschen genauso viel Glück schenken wie er es täglich erleben durfte.

Plötzlich wurde ihm bewusst, dass er sich nun beeilen musste, denn in zwei Stunden würden die Teilnehmer anreisen, um Buchstaben zu Worten, Worte zu Sätzen und Sätze zu Texten zu formen und somit würde dann für die Zeit des Seminars das Glück für alle Teilnehmer im kleinen Künstlerhaus einziehen. Genau dieser Gedanke motivierte ihn, alles sehr schön vorzubereiten.

Das Seminar begann an einem wunderschönen Frühsommertag. Das kleine Künstlerhaus lag in diesen Mittagsstunden im Sonnenschein. Dominikus ging durch das kleine Künstlerhaus und als er im Schreibzimmer war, polierte er noch einmal den großen Tisch, an dem er bald mit Menschen, die schreiben wollten, schöne Stunden erleben würde. Er verteilte weiße Blätter und Bleistifte.

Dominikus nutzte normalerweise moderne Technik wie Laptop oder sein Tablet zum Schreiben, aber er war überzeugt davon, dass die Gedanken, die im Kopf entstehen, am besten über den Bleistift auf das Papier flossen und so zu Geschichten wurden. Daher wollte er, dass seine Schreibschüler auf die moderne Technik verzichteten.

Alena schaute zu ihm ins Schreibzimmer und fragte: „Na, Dominikus, mein Lieber, wie geht es dir? Hast du alles gut vorbereitet?" Dominikus antwortete: „Ja, meine liebe Alena, ich bin bereit, aber darf ich mir dein Reich einmal anschauen?"

Alena nahm ihn freundschaftlich an die Hand und führte ihn die Treppe hinauf in den ersten Stock. Das Zimmer über dem Schreibzimmer war als Wellnesszimmer eingerichtet. Der Fußboden war mit einem hellblauen, weichen Teppich ausgelegt. Die großen Fenster erfüllten den Raum mit dem hellen Licht des Nachmittages. Alena hatte sieben bunte Matten mit je einem Kissen kreisförmig auf dem Boden verteilt. Dominikus schaute sich fragend um: „Warum liegen denn da sieben Matten? Ich habe nur fünf Anmeldungen." Alena antwortete: „Es haben sich noch zwei Männer angemeldet. Ich habe ihre Zimmer gerichtet und auch sonst alles vorbereitet." Dominikus freute sich und nahm sich vor, sein Schreibzimmer gleich auch dem Zuwachs anzupassen. In der Mitte des Mattenkreises stand eine dicke Kerze und mehrere Heilkristalle waren um sie verteilt. Im Raum roch es ganz zart nach Orange und Limette. Als Dominikus den Duft genüsslich einatmete, erklärte ihm Alena: „Das sind wertvolle Öle, die den Teilnehmern helfen sollen, den Geist wachzurütteln."

Da wusste Dominikus, dass das Seminar gut werden würde. Alena ging zur Küche und Dominikus guckte noch einmal in die Gästezimmer, die sich im Anbau des kleinen Künstlerhauses befanden. Alle Zimmer waren ganz bunt eingerichtet und jeweils einem Thema zugeordnet. Für ihn war es immer spannend zu erleben, wer von den Teilnehmern welches Zimmer bekam. Er hatte da so seine eigene Art, die Zimmer zuzuteilen. Auf dem Weg zum Gästehaus ging er über die Wiese, wo er Frank traf. Plötzlich veränderte sich seine Stimmung, wovon Frank aber nichts spürte. Dominikus begrüßte ihn sehr freundlich: „Hallo Frank, alles gut bei dir? Hast du alles geplant? Brauchst du noch Tipps?" Frank verzog sein Gesicht zu einem etwas arroganten Lächeln und meinte: „Es gibt nichts, bei dem du mir helfen könntest, außer dass du mir eine hübsche Braut vorbeischickst, die ich dann "massieren" darf. Und ich hoffe nur, dass da heute Mittag nicht nur langweilige, glücklich verheiratete Herren dabei sind." Dominikus schüttelte leicht verächtlich den Kopf und beruhigte sich mit dem Gedanken, dass Franks Anteil an diesem Naturjuwel-Seminar relativ gering war. Ja, er bot Massagen an und seine Exkursion zum Wasserfall war ein Programmpunkt, aber das machte Gott sei Dank nicht den Flair des Seminars aus. Aber Franks Verhalten hielt oft auch positive Überraschungen für Dominikus bereit. Frank brauchte es einfach, sich von Frauen umschwärmt zu fühlen und ein bisschen anzugeben. So antwortete ihm Dominikus nur: „Ach Frank, dann wünsche ich dir ganz viel Glück! Und komm dann bitte um 17.00 Uhr zur Kennenlernstunde ins Schreibzimmer." Frank lächelte ihn noch einmal an und winkte ihm zu. Seine Geste gab Dominikus zu verstehen, dass er ihn verstanden hatte.

Alena erwartete Dominikus bereits in dem kleinen Empfangsraum in der Diele des kleinen Künstlerhauses. Sie hatte Tee gekocht, frische Kekse mitgebracht und die Schlüssel zu den Zimmern herausgelegt. Sie waren bereit, ihre Gäste zu empfangen, und da kam auch schon der erste Gast.

Dominikus liebte es, unbekannte Menschen kennenzulernen und er machte sich immer wieder eine Freude daraus, diese Menschen einzuschätzen. „Okay", dachte er als er die Dame erblickte, „diese Frau hat etwas Trauriges hinter sich und ist noch etwas unsicher, was sie hier erwartet." Dominikus ging auf Renate zu und begrüßte sie ganz herzlich. Alena bot ihr einen Tee an. Renate freute sich sehr darüber, denn die Anfahrt war anstrengend gewesen und der freundliche Empfang tat ihr gut. Nachdem sie ein bisschen geplaudert hatten, nahm Dominikus das Körbchen mit den Schlüsseln und sagte: „Liebe Renate, nimm dir einen Schlüssel. Er wird dir die Tür zu deinem Reich für die nächsten Tage öffnen. Alle Zimmer haben ein unterschiedliches Motiv. Nun greif zu!" Renate nahm einen Schlüssel und Alena erklärte ihr den Weg zum Gästehaus. Renate war angenehm überrascht, wie schön es hier war. Nun konnte sie kaum erwarten zu sehen, wie ihr Zimmer aussah. Sie steckte den Schlüssel in das Schloss des Zimmers mit der Nummer Vier, drehte ihn um und öffnete die Tür. Das Zimmer war in verschiedenen Rot- und Rosatönen gestrichen. An der Wand hing ein Bild mit einem wunderschönen Rosenstrauß. Das Bett war mit Rosenbettwäsche bezogen und im Bad duftete es nach Rosen. Renate setzte sich auf den Stuhl, der zu dem kleinen Tisch am Fenster gehörte, und schaute aus dem Fenster. Ihr Blick fiel als erstes auf einen großen Rosenbusch, der leider noch nicht blühte. Vor Glück traten ihr die Tränen in die Augen. Auf dem kleinen Tisch standen ein kleines, rosafarbenes Törtchen und eine kleine Kanne mit rotem Tee.

Währenddessen sagte Dominikus zu Alena: „Es ist immer wieder toll, dass die Menschen sich die Zimmer nehmen, die ihnen gut tun. Renate braucht Rosen und die hat sie nun."

Kurz darauf reiste Katharina an. Nachdem auch sie sehr liebevoll in Empfang genommen worden war und sich ihren Schlüssel genommen hatte, machte sie sich auf die Suche nach ihrem Zimmer. Sie hatte Nummer Sechs. Ein bisschen aufgeregt sperrte Katharina die Tür auf. Ihr leuchtete direkt die Farbe Orange entgegen. Diese frische Farbe tat ihr gut. Ihr Bett war mit einer flauschigen, orangen Decke abgedeckt. An der Wand hing das Bild eines Orangenbaums mit saftigen, reifen Früchten und auf dem kleinen Tisch am Fenster stand eine Schale mit Orangen. Sie schaute aus dem Fenster und erblickte ein Beet, in dem Ringelblumen gerade zur Blüte erwachten. Ihr Bad war sehr schön mit orangen Handtüchern und Seife mit Orangenduft ausgestattet. Katharina setzte sich auf den Stuhl und wusste, dass sie hier bestimmt eine wunderschöne Zeit erleben würde.

Dominikus und Alena begrüßten in der Diele Giselle und Josefine, die gleichzeitig ankamen. Giselle hatte Zimmer Drei und Josefine Zimmer Zwei. Die beiden mochten sich direkt und plauderten munter drauf los. Dominikus hatte ihnen erklärt, dass alle Zimmer unterschiedlich sind, aber dass jeder sich das passende Zimmer aussuchte. Deshalb waren beide gespannt, wie ihre Zimmer wohl gestaltet waren. Giselle öffnete die Tür zu einem Zimmer, das auf den ersten Blick einfach hell erschien, doch schon beim Eintreten sah sie, dass es ein Zimmer war, das mit Engeln verziert war. Ein wunderschönes Bild eines Engels, gemalt in sanften Farben, hing an der Wand, die in zartem Beige und Weiß gestrichen war. Ihr Bett war mit champagnerfarbener Wäsche bezogen. Auf dem kleinen Tisch stand eine weiße Lilie und daneben lag ein Stückchen Schokolade mit einem kleinen Engelsbild. Giselle liebte Schokolade und lutschte die kleine Köstlichkeit während sie aus dem Fenster schaute. Sie blickte direkt auf eine wunderschöne Engelsskulptur aus ganz hellem Stein. Giselle spürte, dass sie wohl das größte Glück auf dieser Erde erleben durfte. Wer in einem solchen Zimmer sein durfte, dem konnte nichts Schlimmes passieren, und hier schon gar nicht, an diesem Stückchen Paradies.

Dasselbe dachte Josefine, als sie ihr Zimmer in Augenschein nahm. Sie war umgeben von einem zarten Grün, dessen Schattierungen das Zimmer erleuchten ließen. Das Bild an ihrer Wand zeigte einen großen Baum mit einer sattgrünen Krone. Josefine fiel dazu nur das Wort *Fülle* ein. Auf ihrem Tisch stand ein Topf mit verschiedenen Kräutern und ein Krug mit kühlem Pfefferminztee. Ihr Bad war mit grünen Handtüchern bestückt und der Duft von Fichtennadeln ließ sie genüsslich einatmen. Als sie aus ihrem Fenster blickte, sah sie einen wunderschönen Ahornbaum.

Dominikus sagte gerade zu Alena: „Ich glaube, wir haben hier eine tolle Gruppe", als ihn ein lautes „Hallo! Hallo!" aus der wohltuenden Ruhe aufschreckte.

Vor ihnen stand ein Mann. Groß, schlank, Mitte 40, in einem sportlichen Outfit. Sein von vielen Sonnenstrahlen gebräuntes Gesicht war ein einziges Lächeln.

Er streckte Dominikus die Hand zur Begrüßung entgegen und drückte diese mit einer besonderen Kraft. „Ich bin Antony und freue mich hier zu sein. Aber ich weiß nicht, ob ich hier richtig bin. Ich habe dieses 'Naturjuwel' ja fast nicht gefunden. So weit wie dieses Teil hier von der Zivilisation entfernt liegt. Ich bin mal gespannt, was und wer mich hier erwartet. Achso, gibt's hier Internet? Ein gutes Handynetz? Oder trommelt ihr hier noch? Haha..."

Antony redete ohne Punkt und Komma. Als er kurz eine Atempause machte, sagte Dominikus ganz sanft und vor allem leise zu ihm: „Antony, ich begrüße Sie ganz herzlich hier in unserem kleinen Künstlerhaus. Ich freue mich sehr, dass Sie hergefunden haben, und ja, es gibt hier eine Verbindung zur Außenwelt, aber gönnen Sie sich doch mal diese Tage der Ruhe und des Luxus, mal nicht erreichbar zu sein. Sie dürfen sich nun Ihren Schlüssel zu Ihrem Zimmer im Gästehaus nehmen, sich etwas erfrischen und dann sehen wir uns um 17.00 Uhr hier im Haus im Schreibzimmer." Dieses Mal händigte Dominikus dem Gast den Schlüssel aus. Antony bedankte sich und ging in die ihm gezeigte Richtung. Alena schaute Dominikus fragend an. Dominikus wusste, was Alena wissen wollte, und sagte: „Ich habe ihm das blaue Zimmer zugeteilt! Er braucht Ruhe, Klarheit und etwas Abstand zum Materialistischen."

Auf dem Weg zum Zimmer mit der Nummer 1 dachte Antony: „Klasse, die Nummer Eins bekommt auch Zimmer Eins!" Als er das Zimmer betrat, dachte er zuerst nur: „Ja, ganz nett! Zum Schlafen reicht es!"

Das Zimmer war hellblau gestrichen, das weiße Bett war mit hellblauer Bettwäsche bezogen und an der Wand hing das Bild eines Meeresstrands. Die Möbel waren alle weiß. Auf dem kleinen Tisch stand eine Flasche Wasser. Als er aus dem Fenster schaute, blickte er in die Ferne und sah den blauen Himmel. Etwas weiter entfernt erblickte er den Wasserfall. Antony räumte seine Tasche aus und ging ins Bad, um zu duschen.

Inzwischen waren die zwei letzten Gäste angereist. Dominikus begrüßte Robert und Anastasia sehr nett. Robert war Mitte 50. Um seine Augen sah man tiefe Furchen, die auf eine intensiv gelebte Zeit hindeuteten.

Nachdem er sich mit einer Tasse Tee erfrischt hatte, nahm er den Schlüssel mit der Nummer Fünf. Robert sprach nicht viel, er machte sich gleich auf den Weg zu seinem Zimmer. Als er die Tür aufsperrte, schien ihm sofort ein warmer heller Glanz entgegen. Sein Zimmer war das gelbe Zimmer, auch Sonnenzimmer genannt. Robert freute sich über diese Farbe, und erinnerte sich daran, dass Gelb in einer anderen Zeit seines Lebens seine eigene Kraftfarbe gewesen war. Er ging durch den kleinen Raum, betrachtete die große Sonne, die als Gemälde an der Wand hing, streichelte über die leuchtende, gelbe Decke, die das Bett bedeckte. Er setzte sich an den kleinen Tisch, nahm sich ein Glas von der Limonade, die darauf stand, trank es genüsslich aus und schaute raus. Er erblickte ein Sonnenblumenfeld, das zwar noch nicht blühte. Aber der Gedanke daran, dass irgendwann jemand aus diesem Fenster schauen und blühende Sonnenblumen sehen würde, erfreute ihn sehr. Während er in seinem Bad erfrischend nach Zitronen duftende Seife benutzte, wurde ihm bewusst, dass er hier richtig war, genau richtig, zum richtigen Zeitpunkt am richtigen Ort!

Anastasia war immer noch bei Dominikus. Er gefiel ihr und sie begann direkt zu flirten. „Ich trinke keinen Tee, du Süßer du. Ich würde lieber einen Champagner mit dir schlürfen!!" Dominikus war sehr freundlich, aber distanziert: „Liebe Anastasia, wir trinken hier keinen Alkohol, aber ein gemeinsames Tässchen Kaffee oder Tee wäre möglich. Aber jetzt wird es Zeit, dass Sie Ihr Zimmer beziehen, denn um 17.00 Uhr geht unser Seminar los. Dann werden wir alles Weitere besprechen. Hier ist Ihr Schlüssel. Ihr Zimmer hat die Nummer Sieben."

Anastasia machte einen Schmollmund, bedankte sich und zog von dannen. Sie wackelte noch kokett mit ihrem Po, der in dem engen schwarzen Rock niedlich aussah. „Oh mein Gott!" meinte Alena. „Da kommt ja was auf uns oder besser gesagt auf dich zu, mein lieber Dominikus." Dominikus wischte sich symbolisch den Schweiß von der Stirn: „Sie ist bestimmt die passende Dame für Frank. Er hatte schon Befürchtungen, dass nur langweilige Frauen oder Männer kommen... So, nun gehe ich ins Schreibzimmer und ordne meine Gedanken. Interessante Tage liegen vor uns."

Nachdem Alena die Diele aufgeräumt hatte, ging sie in die Küche, um schon mal mit der Vorbereitung des Abendbrots zu beginnen, damit sie pünktlich um 17.00 zum Kennenlernen im Schreibzimmer sein konnte.

Anastasia schleppte ihren viel zu schweren Koffer über den kleinen Kiesweg zum Gästehaus und schaute sich um: Wiesen, Bäume, weiter hinten sah sie den Wasserfall. Sie suchte nach einem Café oder einer Bar. Irgendwie hatte sie sich doch nicht genau über diesen Ort informiert. Nun war sie da und wollte das Beste aus der Zeit mitnehmen. Sie sperrte das Zimmer auf und erblickte eine Klosterzelle. Ein kleines Zimmer, sehr einfach eingerichtet, ein Bett, das mit einer weichen Bettwäsche bezogen war, ein Tisch aus hellbraunen Holz mit einem einfachen Stuhl davor. Der Blick aus dem Fenster zeigte ihr ein rostiges Tor, das die Wiese von dem nahegelegenen Wald trennte. Auf dem Tisch stand ein Krug mit Wasser, in dem Steine lagen, und daneben standen ein Strauß aus Wiesenblumen und ein kleiner Teller mit einem Haferflockenkeks. Anastasia war sehr überrascht, denn sie hatte schon lange nicht mehr in einem solchen Zimmer übernachtet. Sie begutachtete das Bad, das sehr klein, aber glänzend sauber war. Die Handtücher erinnerten Anastasia an die ihrer Oma und die Seife, die auf dem Beckenrand lag, war Kernseife. Anastasia glaubte gerade eine Reise in die Vergangenheit zu erleben. Und sie war verwundert, dass sie es sogar irgendwie schön fand. Schnell packte sie ihre Sachen aus, denn sie wollte ja auch pünktlich zum Treffen kommen. Gleich stellte sich die Kleiderfrage. Anastasia entschied sich für eine Jeans und ein Shirt, schminkte sich, bürstete ihr rotes, lockiges Haar und verließ ihre Klosterzelle.

Das Gute an diesem idyllischen kleinen Ort war, dass selbst sie, die sich nicht gut orientieren konnte, direkt den Weg ins kleine Künstlerhaus fand. Im Schreibzimmer waren die anderen schon alle versammelt. Das kannte Anastasia schon, sie war immer die Letzte und somit begrüßte sie alle mit den Worten: „Hallo alle zusammen, wir können loslegen, ich bin da!" Sie warf Dominikus einen Luftkuss zu.

Dominikus war schon etwas verwirrt, denn normalerweise begrüßte er die Gäste und eröffnete das Seminar. Frank lachte laut und sagte in den Raum: „Wie man es kennt, das Geilste, oh Entschuldigung, das Beste kommt zum Schluss."

Dominikus schaute in die Runde und blickte in verwirrte Gesichter. Das konnte ja heiter werden. Aber er war sich seiner Aufgabe als Kursleiter und Inhaber des kleinen Künstlerhauses bewusst. Also nahm er die Begrüßung wieder selbst in die Hand und begann mit seiner kleinen Rede.

„So, da nun wirklich alle da sind, darf ich das Seminar eröffnen. Ich begrüße euch alle ganz herzlich hier in meinem kleinen Naturjuwel. Ich nehme an, ihr konntet euch schon etwas mit dem Haus, mit euren Zimmern und der Umgebung vertraut machen. Wenn nicht, habt ihr nach dem Abendessen Gelegenheit dazu. Ich möchte mich euch gern vorstellen, damit ihr wisst, mit wem ihr es zu tun habt. Danach dürft ihr euch vorstellen, aber nur, wenn ihr wollt. Ich heiße Dominikus und lebe hier und darf schreiben und Gäste empfangen und ihnen das Schreiben zu vermitteln. Ich darf an diesem wunderschönen Ort Glück und Freude teilen!"

Anastasia rief mitten in diese Rede: „Dominikus, ich nehme die Freude…!" Antony und Frank lachten, die anderen Kursteilnehmer schauten irritiert. Wieder hatte Anastasia es geschafft, Dominikus aus dem Konzept zu bringen. „Na warte", dachte er, „ich zeige dir eine neue Form der Freude!" Laut sagte er: „Ihr Lieben, ihr werdet bei diesem Seminar viel lernen. Nicht nur Schreiben, ihr werdet leben lernen, atmen lernen, Achtsamkeit lernen, und ich bin mir sicher, dass ihr reicher nach Hause gehen werdet. Ich würde nun gern wissen, wie es dazu gekommen ist, dass ihr jetzt hier seid. Ihr braucht nur das zu sagen, was ihr teilen wollt und niemand wird verurteilt oder bewertet. Ihr seid hier, jetzt, ganz und gar!" Dominikus Stimme war sanft, aber kraftvoll, und nach dieser kurzen Ansprache herrschte Stille im Raum. Renate meldete sich zu Wort: „Danke Dominikus, dass ich hier sein darf. Ich habe dieses Seminar gewonnen und ich schreibe gern. Ich möchte hier eine Antwort auf Lebensfragen finden und ich glaube, dass mir das hier gelingen wird. Ich wohne im Rosenzimmer und fühle mich dort sehr gut aufgehoben." Lächelnd zeigte sie, dass sich nun jemand von den anderen vorstellen konnte.

Katharina stand auf und bedankte sich auch bei Dominikus für die Gastfreundlichkeit. Sie sagte ihren Namen und betonte, dass sie zu diesem Seminar gekommen sei, um Kraft zu tanken, und dass es für sie etwas ganz besonders Wertvolles sei, hier zu sein, da sie sehr sparsam sei und sich eigentlich so etwas Tolles nur selten leisten könne. Aber nun hatte es doch geklappt und sie sei glücklich.

Nun stand Antony auf und stellte sich auf sehr professionelle Art und Weise den anderen Teilnehmern vor: „Okay, sehr geehrte Damen und Herren, ich bin Antony, bin 45 Jahre alt, zurzeit Single, wohne in einem Loft in Köln, super angesagt. Ich arbeite sehr viel und nicht immer gern, aber lohnend. Ich komme nie zur Ruhe, trinke gern, auch mal zu viel, esse gern, aber nur schnell, fahre schnelle Autos, auch ab und zu eins zu Schrott, bin immer am Reden und dann vergesse ich dazwischen das Leben! Ich bin hier, weil sich meine Belegschaft gedacht hat 'Der muss mal Ruhe bekommen', und ja, ich befürchte, die habe ich hier!" Antony verzog das Gesicht zu einem schiefen Grinsen und setzte sich wieder hin. Alena, die bis zu diesem Zeitpunkt noch nichts gesagt hatte, sagte nun zu ihm: „Lieber Antony, ich bin hier, um euch zu helfen, Ruhe zu finden, und glaube mir, auch dir wird das gelingen. Ich gebe mein Bestes."

Nun nachdem wieder eine Pause entstanden war, sagte Giselle: „Ich bin ganz besonders froh, hier zu sein, denn mein Mann hat mir diese Zeit geschenkt. Er sagte zu mir, du wirst dich paradiesisch fühlen und er hatte Recht, ich schlafe im Engelzimmer. Ich glaube, es werden wirklich wertvolle Tage hier."

Robert war ganz angetan von Giselles Stimme und dem ganz besonderen Glanz, der sie umgab.

Nun sagte er: „Ich habe einen harten Job, den ich seit 35 Jahren mache. Seit 27 Jahren bin ich verheiratet, wir leben seit 25 Jahren im gleichen Haus, mit den gleichen Nachbarn, fahren jedes Jahr im Frühling an den gleichen Ort nach Mallorca und im Herbst immer in die Lüneburger Heide. Es reicht mir, immer das gleiche zu tun. Ich will meinem Leben mehr Farbe geben, daher habe ich dieses Seminar gebucht und es hat schon gut angefangen, ich habe das gelbe Zimmer!" Nun klatschen alle anderen. Roberts Wangen färbten sich leicht rot, aber das machte ihn sympathisch. Er lächelte und strahlte in die Runde, vor allem in die Richtung, in der Giselle saß.

Nachdem Roberts Applaus verklungen war, traute sich Josefine etwas zu sagen. Sie spürte sofort wieder ihre Schüchternheit, die ihr in ihrer Kindheit und im jungen Erwachsenenalter öfters im Wege gestanden hatte. „Ich kann von mir nicht so viel erzählen. Ich lebe mit meiner Familie in einem Landhaus mit vielen Tieren zusammen. Ich liebe die Natur und alles, was damit zu tun hat. Ich habe dieses Seminar gebucht, weil ich mir vorgenommen habe, jedes Jahr mindestens einmal etwas zu machen, was ich noch nie gemacht habe."

Dominikus sagte zu ihr: „Josefine, ich wünsche dir, dass du hier einfach das findest, was dir wichtig ist!"

Anastasia stand auf und sagte: „Hallo, ich bin Anastasia und ich bin hier, weil... Ja, ich weiß es eigentlich gar nicht so richtig. Als ich mich angemeldet habe, dachte ich mir, okay, ist mal etwas anderes! Dann habe ich mich gefreut, und als ich eben ankam, glaubte ich am Ende der Welt gelandet zu sein. Ich war erst entsetzt, kein Café in der Nähe, kein Shoppingcenter und keine Bar. Dann kam ich in mein Zimmer, das einer Klosterzelle ähnelt, und plötzlich kam mir der Gedanke, dass mir diese Tage hier eventuell doch gut tun könnten. Ich lasse mich darauf ein und versuche, eine gute Schreibschülerin zu sein." Dabei zwinkerte sie mit den stark geschminkten Augen und warf Dominikus einen koketten Blick zu.

Nachdem nun alle voneinander wussten, was erstmal wichtig war, stellte Dominikus seine Kursthemen vor. Er erklärte, dass er verschiedene Schreibübungen anbieten werde, damit alle zu ihrem eigenen Schreibstil fänden. Die Schreibstunden würden alle in diesem Zimmer in vollkommener Ruhe stattfinden. Zwischen den einzelnen Aufgaben hätten die Kursteilnehmer immer Zeit zum Plaudern, zum Austausch und zum Kennenzulernen.

Danach kam Alena zu Wort. Sie begrüßte nun auch alle Teilnehmer: „Ich möchte mich euch allen vorstellen. Ich bin Alena. Ich bin für das körperliche Wohl verantwortlich. Das heißt, ich bereite mit Frank zusammen die Mahlzeiten zu, die, wie ich jetzt extra betone, einfach, aber nahrhaft sind. Ich bin darauf bedacht, dass ihr hier gut essen und gut trinken könnt. Gut, das ist natürlich ein subjektiver Ausdruck, daher nenne ich unsere Mahlzeiten *wertvoll*. Ich kümmere mich auch um euer seelisches Wohlbefinden. Ich werde mit euch morgens eine Morgenmeditation vor dem Frühstück durchführen, am Mittag in der Mittagspause habt ihr die Gelegenheit eure Chakren mit verschiedenen Yogaübungen zu stärken und nach den Abendkursen lade ich euch zu einer kurzen Sternstunde ein. Natürlich sind das Angebote und keine Pflichten. Alles, was hier im kleinen Künstlerhaus geschieht, geschieht zu eurem Besten und alles ist freiwillig."

Renate schaute in die Gesichter der anderen, um zu beobachten, wie sie auf diese Rede reagierten. Antony und Anastasia warfen sich Blicke zu, in denen Renate Unsicherheit und auch etwas Spott erkennen konnte. Allen anderen ging es so wie ihr, voller Vorfreude erwarteten sie das Kommende.

Nun war es an der Zeit, dass Frank sich zu Wort meldete: „Liebe Seminarteilnehmer und Seminarteilnehmerinnen, ich heiße Frank und bin hier der Hausmeister, Rasenpfleger, Unkrautzupfer, Blumenschneider und Salatreinbringer und Küchenhelfer. Aber ich habe auch bei eurem Seminar eine wirklich wichtige Aufgabe. Ich bringe euch zum Wasserfall, wahrscheinlich morgen Nachmittag, jenachdem wie ihr mit eurem Schreibprogramm zurecht kommt. Und ich freue mich darauf. Und ich kann noch etwas, ich kann sehr gut massieren. Ich mache jegliche Art von Massage. Diese finden oben im Wellnesszimmer statt, und wenn es gewünscht ist, mache ich auch Hausbesuche." Bei den letzten Worten grinste er breit und verführerisch in Anastasias Richtung.

„Anastasia und Frank werden sich wunderbar verstehen", dachte Dominikus. „Hoffentlich bringen die beiden nicht zu viel Unruhe in die Gruppe."

Er stand auf und sagte: „Vor dem Abendbrot, das es immer um 18.30 im Esszimmer im Gästehaus gibt, möchte ich nun mit euch mit der ersten Übung beginnen. Er schaute über den Tisch und sah, dass Antony sein Tablet schon vor sich liegen hatte. Giselle hatte ein Notizbuch, Katharina ein Heft, Renate einen Schreibblock und Robert eine Kladde aus Leder. Dominikus gefiel das alles, zeigte es ihm doch, dass seine Teilnehmer nicht unvorbereitet waren. Jedoch passten diese Materialien nicht zu seiner Übung. Er nahm sieben kleine Zettel und sieben Bleistifte und erklärte seinen Teilnehmern: „Legt mal alle eure eigenen Schreibutensilien weg. Ich möchte, dass jeder nun die gleichen Bedingungen hat. Deshalb teile ich euch jetzt Papier und einen Stift aus." Antony meckerte direkt los: „Ich schreibe immer auf dem Tablet, ich nutze kein Papier und keinen Stift. Ich mache das immer so und das bleibt auch heute so. Und ich glaube, ich kann gar nicht mehr von Hand schreiben, haha!"

Dominikus nahm Antonys Tablet und tauschte es gegen Papier und Bleistift: „Heute ist nicht 'immer', heute ist etwas Besonderes und somit möchte ich, dass auch du das Besondere erleben darfst." Seine Worte waren sanft, aber bestimmend und Antony nahm das Blatt Papier und den Bleistift an. Er überlegte, wann er zum letzten Mal mit einem Bleistift geschrieben hatte. Es war schon sehr lange her. Den gleichen Gedanken hatte er schon einmal am Mittag gehabt, als er Wasser getrunken hatte, auch das Wassertrinken war schon lange her.

Giselle war etwas traurig, dass sie ihr schönes Notizbuch, das ihr Mann ihr extra geschenkt hatte, nun nicht benutzen sollte, aber mit Dominikus' Idee, den Zettel später einzukleben, konnte sie leben, und sie wollte diese besondere Aufgabe auch so wie gedacht annehmen.

Als alle ihre Zettel und Stifte hatten, stellte Dominikus die Aufgabe: „Schreibt auf eure Zettel genau sieben Wörter zum Thema *Leben*. Dazu habt ihr drei Minuten Zeit."

Katharina sah sich den Zettel an und dachte: „Leben in drei Minuten und in sieben Worten. Das ist eine Aufgabe." Dann schrieb sie: *Glauben, Hoffen, Lieben, Essen, Reden, Schlafen, Dasein.*

Renate schaute in den Raum, alle schrieben und die Sanduhr zeigte, wie die Zeit langsam verging. Auf ihrem Zettel stand *LEBEN*. Dazu schrieb sie: *Liebe, Enttäuschung, Bitte, Erwartung, Nachgeben, Erfüllung, Danken.*

Josefine nahm den Stift und schrieb schnell und deutlich, sie mochte ihre eigene Handschrift: *Leben: hell, wertvoll, kurz, gottgegeben, teilbar, wachsend, sterbend.*

Giselle wusste erst nicht, wie es möglich sein sollte, das, was sie mit dem Wort 'Leben' in Verbindung brachte, in sieben Worten zu beschreiben. Sie schrieb zunächst das Wort *Leben* in die Mitte des Zettels, dann malte sie kreisförmig sieben Striche um das Wort und an die Striche jeweils einen Kreis. Mit einem Blick auf die Sanduhr fielen ihr Worte ein, die sie in die Kreise schreiben konnte: *vergänglich, glücklich, Familie, Arbeit, Urlaub, Tee trinken, schreiben.* Sie dachte noch kurz über einen Zusammenhang zwischen ihren Wörtern nach, aber das war jetzt ja nicht das Thema. Sie spürte, dass Robert sie staunend anschaute. Sie lächelte ihm zu und sagte ganz leise: „Denk nicht zu lange nach, schreibe einfach, was dir einfällt, es gibt kein Richtig und kein Falsch."

Robert nickte und dann sah Giselle, wie auch sein Stift das Blatt füllte: *Leere, Langeweile, Gewohntes, Bekanntes, Wünsche, Veränderung, Zufriedenheit.* Lächelnd legte er den Stift hin. Es tat ihm gut, sich mal um etwas Spannendes Gedanken zu machen.

Antony kritzelte ziellos auf dem Zettel rum. Was ihm in den Sinn kam, konnte er doch so nicht schreiben, dachte er sich. Doch dann hörte er, was Giselle Robert zuflüsterte, und nahm allen Mut zusammen: *Leben? Arbeit, Termine, Geld, Autos, Frauen, Champagner, Altwerden.*

Anastasia schaute sich um. Alle schrieben und sie erinnerte sich an ihre Schulzeit. Da war es auch oft so gewesen. Sie hatte zugeschaut, wie die Blätter der anderen mit Wissen ausgefüllt wurden, nur ihr eigenes war meist leer geblieben. Aber das durfte sie heute ändern. Sie wusste, dass niemand dieses Blatt bewerten würde, dass es keine Note für die Rechtschreibung gab, dass alles richtig war, was sie schrieb. Also fasste sie Mut und bald standen diese Worte auf dem Blatt: *Leben: Schönheit, Mode, Männer, Einsamkeit, Willen, Unwissen, Ich.*

Die drei Minuten gingen beim Schreiben so schnell vorbei, nur für Antony fühlte es sich an, als dauerten drei Minuten ewig. Dominikus sagte nun zu ihnen: „So ihr Lieben, es ist vorbei. Bitte schreibt jetzt nichts mehr. Selbst wenn jemand nur sechs Worte hat, ist es in Ordnung. Legt den Zettel zur Seite und streckt euch alle. Es geht gleich weiter."

Die Kursteilnehmer streckten sich und sahen einander staunend an. Alle spürten, dass sich die Atmosphäre im Raum verändert hatte. Wo vor einigen Minuten noch etwas Fremdes, Spannendes oder auch etwas Einschüchterndes zu spüren gewesen war, herrschte nun Harmonie, und Katharina glaubte auch, eine Spur Glück zu spüren. Nun saßen sie da, alle sieben mit jeweils sieben Worten zum Thema *Leben*. Diesen Gedanken spürte Robert tief in sich. Er fragte sich, was die anderen wohl geschrieben hatten. Ein wenig hoffte er, dass Dominikus alle bat, ihre Worte vorzulesen.

Dominikus stand auf und sagte zu ihnen: „Ihr Lieben, das, was ihr gerade gemacht habt, war erstmal eine Übung, aber damit habt ihr in euch das Tor zum Schreiben geöffnet. Nun dürft ihr durch dieses Tor gehen, um die Welt der Schreibkunst kennenzulernen. Ihr wisst nicht, was euch hinter dem Tor erwartet, und das ist das Spannende daran. Habt aber keine Angst, euch erwartet ein unvorstellbar großer Reichtum."

Bei dem Wort 'Tor' zuckte Anastasia zusammen. Sie erinnerte sich sofort an den Anblick des rostigen Tores, das sie aus ihrem Fenster gesehen hatte. „Mannomann", dachte sie, „hier geschieht etwas völlig Neues mit mir!" Es fühlte sich gerade noch sehr fremd an.

Sie schaute sich die anderen Teilnehmer an. Sie waren alle so anders als sie. Anastasia fand ein bisschen Gefallen an Antony. Der schien auf ihrer Welle zu schwimmen. Aber auch er schaute immer noch auf sein Blatt mit den sieben Worten, als müsse er darüber nachdenken, ob alles richtig sei, was darauf stand.

Giselle war sehr zufrieden mit der Aufgabe und sie spürte, dass es ihr sehr gut ging, und ganz besonders Dominikus' letzter Satz gefiel ihr, „durch ein Tor gehen! Fülle entdecken..." Sie freute sich auf die nächste Aufgabe.

Renate und Josefine lächelten einander zu. Beide wussten, dass sie sich gut mit Giselle, Katharina und Robert verstehen würden, Anastasia und Antony wollten beide noch näher kennenlernen, aber nun war erstmal das Schreiben interessant.

Dominikus freute sich, dass es im Raum ruhig war, aber er fragte trotzdem, ob jemand etwas erklären oder fragen wolle. Katharina sagte dann: „Ich mag diese Atmosphäre hier. Es war schön zu hören, wie die Bleistifte über die Blätter summten, und ich freue mich sehr auf den nächsten Schritt, der uns durch das Tor führt." Alle nickten zustimmend, als Robert sich erhob und meinte: „Ich fühle so ähnlich. Jedoch war ich etwas gehemmt zu schreiben, was ich mit dem Wort 'Leben' in Verbindung bringe. Und das in drei Minuten in sieben Worte zu fassen, schien mir unmöglich, doch dann munterte mich Giselle auf und dann klappte es. Danke, Giselle!" Lächelnd, mit rötlichen Wangen blickte er zu ihr. Giselle lächelte zurück und sagte: „Gerne!"

Antony schaute auf seine Uhr. Er wusste nicht so genau, was die anderen meinten mit „besonderer Atmosphäre" oder „besondere Erfahrung". Er hatte sieben Worte mit einem Bleistift geschrieben und fertig. Was sollte daran wohl Besonders sein. Worte halt, ja! Das Thema war Leben, aber das, was auf diesem Zettel stand, waren nur Worte.

Dominikus teilte nun Blätter aus, die etwas größer waren als die Zettel der ersten Übung. Antony seufzte und dachte: „Oh nein, noch eine Handschriftübung!"

Als alle ihre weißen Blätter hatten, gab er ihnen ihre nächste Aufgabe. „So ihr Lieben, nun nehmt eure sieben Worte, lest sie euch wieder durch, spürt in euch, was genau diese Worte mit euch machen, und dann schreibt einen Text, der aus sieben Sätzen mit je einem dieser Worte besteht. Ihr dürft dafür eine Viertelstunde nutzen. Die Zeitangaben sollen euch helfen, bei eurem Schreiben zu bleiben und alle Aufmerksamkeit auf euer Tun zu lenken. Es soll auf keinen Fall Zeitdruck entstehen, aber wenn ihr euch für eine Aufgabe ein gewisses Zeitkonto einplant, kommt ihr besser zum Ziel. Nun könnt ihr beginnen!"

Katharina dachte sofort, dass es ihr wohl keine Probleme bereiten würde, diese Aufgabe zu erfüllen. Sie fing gleich an zu schreiben. *„In meinem Leben spielt der Glaube eine wichtige Rolle. Mein Glaube gab mir immer, auch an dunklen Tagen, einen Grund zu hoffen. Ich durfte lieben, was mir geschenkt wurde. Ein ganz wichtiger Punkt in meinem*

Leben ist das Essen. Ich esse sehr gerne, was man mir auch ansieht. Ich bin aber auch überzeugt davon, dass man mit Reden im Leben weiterkommt und Missverständnisse somit klären kann. Oft spüre ich im Leben, dass das Leben gerade beim Schlafen die Weichen stellt, wenn man im Traum Lösungen für Probleme findet, und wenn alles gut gelingt, ist das Dasein Leben."

Sie legte ihr Blatt hin und schaute sich um. Manche ihrer Mitschreiber schrieben eifrig, andere schauten auf ihren Zettel und schienen ratlos. Antony wühlte nervös in seinem Haar herum. Katharina fand, dass er im Grunde genommen ein schöner Mann war.

Josefine hatte das leere Blatt vor sich liegen. Sie schaute sich um, alle waren mit Schreiben beschäftigt. Ihre Gedanken wanderten zu ihrem kleinen Hund. Da wusste sie, was sie schreiben wollte. „Das Thema ist 'Leben', hat Dominikus gesagt", dachte sie. „Er hat nur gesagt, was wir mit 'Leben' in Verbindung bringen." Dann schrieb sie: *„Das Leben ist wertvoll. Ich mag es, wenn es hell ist. Manchmal denke ich, das Leben ist kurz. Gottgegeben darf ich es annehmen. Für mich ist das Leben teilbar mit Menschen und Tieren. Dadurch ist es immer wachsend. Bis zu dem letzten Tag eines Lebens, dann spüre ich, es ist täglich sterbend."* Beim letzten Satz spürte sie, dass sich ihre Augen mit Tränen füllten, so tief saß die Trauer über den erst vor kurzem erlebten Todesfalls in ihrem Gedächtnis fest. Nein, sie wollte nicht zulassen, dass sich jetzt dieser traurige Tag des letzten Jahres auch hier wieder in ihren Kopf schlich. Sie schüttelte den Kopf. Plötzlich stand Dominikus hinter ihr, er legte seine Hand auf ihre Schulter und flüsterte ihr zu: „Alles ist gut, auch das gehört zum Leben."

Renate sah der Sanduhr zu. Wie die Zeit verging. In ihrem Kopf waren andere Gedanken, die es ihr schwer machten, sich auf die Aufgabe zu konzentrieren. Nun las sie ihre Worte schon zum zehnten Mal durch. Dieser Text würde wohl eine Trauergeschichte werden, aber sie wollte nicht die einzige sein, die später keinen Text hatte, und dann fiel ihr ein Satz ein, den sie irgendwo mal gelesen hatte: „Der weiteste Weg beginnt mit dem ersten Schritt." Sie dachte: „Und der schwierigste Text beginnt mit dem ersten Wort." Und dann glitt ihr Stift über das Papier. *„Wer im Leben Liebe spürt, wird oft nicht vor einer Enttäuschung verschont bleiben. Diese Enttäuschung wird ihn oder sie lehren, dass die Erwartungen wohl zu hoch waren. Er oder sie wird morgens mit der Bitte um Erfüllung seiner oder ihrer Wünsche aufwachen. Bald wird ihm oder ihr bewusst, dass ohne Nachgeben kein gemeinsames Leben möglich ist. Mit dieser Einsicht kann er oder sie dem Leben für die neu gewonnene Erkenntnis danken."*

Renate las sich ihren Text nochmal durch. Er spiegelte genau die Verwirrung wieder, die sie zurzeit im Leben spürte.

Giselle wusste ziemlich schnell, was sie schreiben wollte, aber als sie ihren Stift nahm und ihre Begriffe las, geriet sie ins Stocken. Sie hatte eben zu Robert gesagt, dass es kein Richtig und kein Falsch gab, aber nun saß sie da, mit sieben Worten, die irgendwie in keinem Zusammenhang miteinander standen. So, und nun sollte sie daraus was machen. Das konnte sie eigentlich immer gut, aus etwas Vorgegebenem etwas Neues gestalten. „Also dann los, Giselle", munterte sie sich auf. Sie schrieb: *„Mein liebes Leben, ich weiß, du bist vergänglich. Ich bin aber sehr glücklich mit dir. Ich liebe dich, weil du mir eine Familie geschenkt hast. Mein liebes Leben, ich mag dich ganz besonders im Urlaub. Du erscheinst mir dann so leicht. Aber ohne Arbeit könnten wir beide, du,* *mein Leben, und ich gar nicht sein. Nachher werde ich mit dir Tee trinken. Danke, liebes Leben, dass ich dir schreiben darf. Deine Giselle.*" Giselle lächelte, als Dominikus zu ihr kam: „Du, ich habe meinem Leben gerade einen Brief geschrieben!" Dominikus schmunzelte und sagte leise zu ihr: „ Es wird dir antworten. Hoffentlich ist es ein Liebesbrief."

Anastasia saß auf ihrem Platz und fragte sich, warum sie hier war. Es fiel ihr einfach nichts ein, was sie mit ihren sieben Worten machen sollte. Dominikus sah ihre Not und fragte, was los sei. Anastasia sagte: „Ich kann das nicht. Ich kann nicht schreiben. Ich bin hier nicht richtig!" Dominikus sagte zu ihr: „Du bist jetzt hier und es kommt im Leben nicht vor, dass man irgendwo nicht richtig ist, wo man ist. Und was heißt hier, ich kann das nicht? Wer reden kann, kann auch schreiben. Löse dich von diesen trüben Gedanken und schreibe."

Anastasia nahm ihren Zettel und das größere Blatt Papier. Sie sagte sich: „Du hast es so gewollt, und nun musst du es so nehmen, wie es kommt." Dann nahm sie den Stift und schrieb: *„Leben, was bist du? Klar, du bist mein Leben, also bist du Ich. Du bist für mich Schönheit. Ich mag dich, wenn ich die neue Mode sehe. Wenn das Leben Ich ist, kann ich verstehen, dass es Männer mag. Doch alle fremden Männer bringen ihren Willen in mein Leben. Dann spüre ich wieder mein Unwissen. Am schlimmsten am Leben ist Einsamkeit."* Anastasia war überrascht, dass plötzlich ein Text auf dem Blatt stand. Er war zwar keine Meisterleistung, aber es waren ordentliche Sätze.

Robert ging in dieser Aufgabe auf. Er dachte noch kurz über den Satz von Dominikus nach: „Nun bekommt ihr eure nächste Aufgabe." Das Wort 'Aufgabe' beinhaltet doch, dass man etwas aufgibt. Robert gab in Gedanken seine Gewohnheiten auf, indem er etwas Neues tat, und das sollte auch das Thema seines Kurztextes sein, der den Titel *Leben Alt und Neu* tragen sollte: *„Bis heute morgen bestand mein Leben aus Gewohntem. Jeder Tag war der gleiche, es schlich sich Langeweile in mein Leben ein. Dann spürte ich eine große Leere. Auch diese Leere war etwas mir sehr Bekanntes in meinem Leben. Diese Leere musste ich fühlen, denn nur dann konnte ich sie mit Wünschen füllen. Der allergrößte Wunsch ist der Wunsch nach Veränderung. Ich habe es getan und bin den ersten Schritt zu einer Veränderung gegangen. Ich bin hierher gekommen und jetzt spüre ich eine tiefe Zufriedenheit in mir."*

Antonys Blatt blieb lange leer. Dieses Schreiben von Hand schien ihm lästig, aber auch ein bisschen spannend. Nun blieb ihm keine Wahl, auch er wollte mit einem Text da stehen. Er dachte sich: „Ich manage tagtäglich einen ganzen Betrieb und nun soll ich an sieben Sätzen scheitern? Nein, das geht gar nicht. Aber was soll ich daraus nur machen und wie schreibt man das alles? Groß? Oder klein?" Auf dem Computer hatte er ein Schreibprogramm, das ihm diese Fragen direkt beantwortete.

Dominikus fragte ihn, warum er nicht schreibe. Antony erklärte ihm seine Bedenken. Dominikus sagte zu ihm: „ Antony, das spielt jetzt keine Rolle. Es ist nur wichtig, dass du schreibst. Dafür bist du hier und für sonst nichts, also fang jetzt an! Sofort!"

Antony wollte sich das nicht nochmal sagen lassen und fing an: *„Leben! Mein Leben besteht aus Arbeit. Die Arbeit gibt den Lebenstakt vor, der bestimmt ist von vielen Terminen. Da diese geordnet verlaufen, bringen sie mir viel Geld. Ich brauche viel Geld, denn ich mag schnelle Autos. 'Im Leben gibt es mehr als Arbeit!' sagte mir irgendwann irgendein schlauer Mensch. Er meinte damit bestimmt Frauen und Champagner. Ich nehme beides und arbeite und lebe so bis zum Altwerden!"*

Antony legte das Blatt vor sich und dachte: „Meine Handschrift ist ja toll. Ich bin einfach ein toller Mann und nun kann ich sogar einen Text schreiben." Voller Stolz lehnte er sich nach hinten. Auch diese Aufgabe wäre erledigt. Ein Blick auf seine Uhr versprach ihm die baldige Abendbrotpause.

Dominikus ging durch den Raum und bemerkte, dass seine Schüler mit ihrer Aufgabe mehr als genug beschäftigt waren. Er sah Antonys erst zweifelndes, dann zufriedenes Gesicht. Er bemerkte Josefines Tränen, spürte Roberts Energie und Renates Verwirrung. Er freute sich auf die Texte, die er gleich hören durfte. So ging es Dominikus immer, bei jedem Kurs liebte er genau dieses Gefühl, kurz vor der Offenbarung der Werke. Ja, es waren immer Werke, geschrieben von Menschen ohne Technik, genauso wie seit Urzeiten geschrieben wurde, Gefühle wurden zu Worten geformt.

„Nun", sagte er zu seinen Schülern, „ihr dürft nun eure Texte abschließen. Ihr habt eine Viertelstunde intensiv gelebt, indem ihr geschrieben habt. Nun dürft ihr eure Werke vorlesen. Ich wünsche euch, dass ihr diesen Moment, wenn eure Zeilen das Licht der Öffentlichkeit erblicken, ganz besonders genießen könnt. Das bedarf jedoch etwas Vorbereitung. Atmet vor dem Vorlesen dreimal tief ein und tief aus. Beim Einatmen nehmt ihr die Freude des Schaffens in euch auf und beim Ausatmen lasst ihr alle Zweifel und Ängste wegziehen. Ihr lest eure eigenen Texte, es gibt kein Richtig und kein Falsch, daher braucht ihr auf keinen Fall zu zweifeln. Die Texte werden nicht bewertet. Sie sind ein Teil von euch. Also los!"

Robert spürte in diesem Moment etwas Spannung in sich. Er wusste nicht, ob es Aufregung oder Freude war, was er spürte. Das Gefühl war ihm völlig unbekannt, aber er nahm es gerne an. Er fragte, ob er mit der Lesung beginnen dürfe. Als alle einverstanden waren, führte er die Atemübung durch und las mit fester Stimme seine sieben Sätze vor.

Im Schreibzimmer herrschte eine wohltuende Ruhe, alle lauschten seiner Stimme. Es tat so gut.

Katharina war sehr aufgeregt. Sie war nicht sicher, ob ihr Text auch für die anderen interessant war, aber als sie Roberts Mut spürte, fasste sie sich auch ein Herz und las ihren Text vor. Wie Dominikus es versprochen hatte, war es für sie ein ganz besonderes Erlebnis, ihre eigenen Worte zu hören. Diesen Zauber wollte sie nun immer wieder spüren.

Josefine war noch nicht bereit zu lesen, ihre Trauer war gerade zu mächtig in ihr. Sie bat um Verständnis, welches ihr von allen entgegengebracht wurde.

Giselle lächelte, als sie an der Reihe war, ihren Brief an das Leben vorzulesen. Diese Worte, die sie eben erst geschrieben hatte, die ihr aber so vertraut waren, gingen mit einer wunderbaren Leichtigkeit über ihre Lippen und in ihr machte sich das wunderbare Glücksgefühl bemerkbar. Sie wusste und spürte, dass die Zeit hier im kleinen Künstlerhaus mehr als wertvoll war, wenn es ihr jetzt schon so gut ging.

Anastasia wusste nicht, was in ihr geschah, so unsicher wie gerade jetzt hatte sie sich noch nie gefühlt. Sie spürte plötzlich, dass ihre Schönheit in diesem Zimmer nur eine Nebenrolle spielte, und das machte sie nervös. Aber weil die anderen so tapfer gewesen waren und ihre Zeilen vorgelesen hatten, tat sie es auch. Sie stotterte ein wenig bei den ersten

Worten, aber dann klappte es. Anastasia war froh, als sie fertig gelesen hatte, und freute sich, dass alle ihr zugehört hatten.

Renate war immer noch verwirrt ob ihrer Gedanken und fragte sich, ob die anderen ihren Text wohl verstehen würden. Aber weil Dominikus sie ermunterte, wagte auch sie es, ihre Sätze vorzutragen. Ja, das wollte sie, sie wollte ihre Sätze und somit ihre Verwirrung vortragen. Sie hoffte, dass die Verwirrung nach ihrer Offenbarung leichter werden würde. Nach ihrer Lesung wurde ihr Gefühl leichter. Sie atmete tief durch, um die Anspannung, die sich in den letzten Minuten gebildet hatte, zu verlieren.

Antony stand auf und sagte: „Wie es im Leben so ist, kommt das Beste oder der Beste, haha, zum Schluss. Nun werdet ihr mein Werk hören, geschrieben von Hand, von mir!!" Alle anderen dachten: „Er hat ja nichts anderes gemacht als wir." Giselle sagte zu ihm: „Dann lass uns mal deine Zeilen hören!" Wissend lächelte sie den anderen zu.

Antony las mit einer etwas arroganten Stimme seine Zeilen vor. Katharina dachte: „Soll seine Arroganz und sein überhebliches Getue nicht auch eine Form von Unsicherheit sein?" Aber das würde sie mit Sicherheit noch herausfinden. Renate dachte nur: „Besser gar keinen Mann als so einen!"

Anastasia hing an Antonys Lippen, nahm jedes Wort in sich auf. Sie nahm sich vor, heute Abend mit Antony noch etwas zu unternehmen.

Nachdem alle ihre Texte mit den anderen geteilt hatten, schaute Dominikus in die Runde und blickte in zufriedene, entspannte Gesichter. Er nahm die Stille zum Anlass, einfach einen Augenblick zu schweigen. Seine Schützlinge schauten ihn erwartungsvoll an. Das Schweigen erschien ihnen noch fremd. Als die Kursteilnehmer zu flüstern begannen, sagte er zu ihnen: „Ihr Lieben, eure Texte waren sehr schön. Ich habe bei jedem von euch eine wunderbare Stimmung verspürt. Nun dürft ihr eure Texte noch in Schönschrift in eure Schreibbücher oder Hefte eintragen. Oder du, lieber Antony, darfst ihn auch in deinem Tablet speichern. Gönnt euch etwas Zeit dazu, denn es ist euer erster Text, den ihr geschrieben und mit anderen geteilt habt. Er war der Schlüssel, der euch durch das Tor zur Schreibkunst führte. Wenn ihr damit fertig seid, könnt ihr alle ins Speisezimmer kommen, dort gibt es nachher Abendbrot. Ich wünsche euch von Herzen einen guten Appetit."

Renate strahlte Dominikus an: „Lieber Dominikus, du verstehst es, Alltägliches zu einem Fest zu machen. Ich finde dich einfach klasse. Danke dafür!"

Die anderen Kursteilnehmer applaudierten und Dominikus lächelte zufrieden.

Nachdem alle ihren Text in schöner Schrift abgeschrieben hatten, gingen sie ins Speisezimmer. Antony ging sofort zu Anastasia und fragte sie: „Schöne Frau, wollen wir gemeinsam essen?" Anastasia freute sich darüber und antwortete: „Ja gerne, und danach können wir ja zusammen etwas trinken, falls es hier überhaupt so etwas gibt." Sie sah dem Abend etwas skeptisch entgegen. Für ihren Geschmack gab es hier zu viel Natur und zu viel Stille.

Im Speisezimmer stand ein großer Holztisch, auf dem zehn Platzdeckchen lagen. An jedem Platz stand ein Teller und ein Glas. Das Besteck lag mit einer weißen Stoffserviette neben dem Teller. Auf dem Tisch standen verschiedene Körbe mit Brot, ein Teller mit Wurst, ein Teller mit Käse und Butter, zwei Krüge mit Wasser, zwei Kannen mit Tee und eine Schüssel mit Tomaten.

Alena begrüßte die Gäste mit den Worten: „Herzlich Willkommen zum Abendbrot. Ihr bekommt heute Abend Brot, das der Bauer unseres Nachbarhofs selber backt. Auch die Wurst, die Butter und der Käse sind aus seiner Herstellung. Das Wasser kommt hier aus unserer Quelle und den Tee habe ich mit Kräutern aus unserem Garten frisch aufgebrüht. Ich möchte euch auf die Einfachheit des Essens hier hinweisen und bitte euch, das angebotene Essen zu genießen."

Antony und Anastasia verzogen das Gesicht, sie hätten lieber etwas mehr Luxus beim Essen gehabt.

Katharina dachte: „Welch ein Glück, ich bekomme etwas zu essen und brauche nichts zu kochen."

Josefine und Giselle freuten sich auch sehr über den gedeckten Tisch und beide verspürten Hunger. Renate setzte sich gleich an den Tisch und auch sie freute sich auf dieses einfache, aber sehr wertvolle Abendessen.

Nachdem alle das Abendbrot genossen hatten, saßen sie zusammen an dem großen Tisch. Sie unterhielten sich angenehm. Robert war sehr entspannt und die Unterhaltungen, die er mit den Frauen führte, taten ihm gut. Zwischendurch dachte er: „Ich habe soviel vom Leben verpasst, aber das ändert sich nun. Ich liebe meine Frau immer noch, aber es muss sich in unserem Leben etwas ändern."

Giselle konnte sich sehr gut unterhalten und die anderen spürten ihre Liebe zum Leben. Alle erlebten wertvolle Augenblicke. Antony beteiligte sich an den Unterhaltungen, aber seine Beiträge handelten nur von Arbeit und seinen Erfolgen. Anastasia hörte ihm zu und sagte zu ihm: „Antony, du erzählst so spannend, ich könnte dir stundenlang zuhören." Antony lächelte ihr zu und flüsterte ihr ins Ohr: „Wenn du noch mehr wissen willst, komm später zu mir. Ich hab Zimmer Eins."

Anastasia nickte ihm zu, sie wollte aber erstmal abwarten, wie es am Abend weiterging. Aber dass jemand da war, der ihre Schönheit bemerkte, tat ihr gut.

Nun stand Alena auf und sagte zu ihnen: „ Ich lade euch nun zu einem kleinen Spaziergang und der versprochenen Sternstunde ein. Ihr könnt euch in Ruhe feste Schuhe und eure Jacken anziehen und dann treffen wir uns gleich vor der Tür. Es ist ein schöner Abend und den will ich sehr gerne mit euch teilen."

Robert, Katharina, Giselle, Renate und Josefine standen gleich auf, um sich für die Abendrunde vorzubereiten. Sie hatten diesen Ort schon sehr in ihr Herz geschlossen.

Katharina war mit Robert zuerst am Treffpunk. Sie sagte zu ihm: „ Robert, wie geht es dir? Ich hatte heute Mittag, als ich dich zum ersten Mal sah, das Gefühl, dass du eine schwere Bürde mit dir trägst, aber jetzt wirkst du schon viel leichter, und das finde ich gut." Robert antwortete: „Katharina, du bist eine klasse Frau, deine Familie ist bestimmt sehr stolz auf dich. Du hast es richtig erkannt, die kurze Zeit hier hat mich bereits entspannt. Ich bin nicht unglücklich, aber wirklich glücklich bin ich auch nicht, und hier spüre ich, dass es Glück gibt. Aber Katharina, du scheinst mir auch etwas angespannt." „Ja", sagte Katharina, „ich bin auch hier, weil ich einen neuen Impuls zum Leben brauche. Ich bin hier zum Kraft finden und ich bin sicher, dass mir das gelingt."

Josefine kam nun dazu und sagte: „Na, ihr zwei, alles gut? Sieht so aus, so wie ihr beide lächelt!"

Robert antwortet: „Wir beide haben gerade gemeinsam festgestellt, dass es gut ist, hier zu sein."

Josefine meinte dazu nur: „Diesem Gedanken kann ich nur zustimmen. Seid mir nicht böse, wenn ich nicht so viel rede, ich bin eigentlich immer still, aber ich mag euch und unsere gemeinsame Zeit hier im Naturjuwel."

Alena kam zu der Gruppe und schaute sich um. Inzwischen waren fast alle da. Anastasia fehlte noch und Antony schlenderte gemütlich mit einer Zigarette in der Hand den Kiesweg entlang. Alena sagte sich, als sie ihn erblickte: „Sehr gut, die Ruhe hat ihn wohl erreicht." Als Antony die Gruppe sah und in ihre erwartungsvollen Augen blickte, ging er etwas schneller, weil er auf keinen Fall wollte, dass alle auf ihn warten müssen. Er blickte sich suchend um. Anastasia fehlte. „Schade", dachte er, „ich hätte sie gerne etwas näher kennen gelernt." Da aber sonst alle da waren, schloss er sich der freundlichen Gruppe an, um gemeinsam das Kommende zu erwarten.

Alena sagte nun zu ihnen: „Ihr Lieben, es ist schön, dass ihr gekommen seid. Es tut gut, dass wir uns jetzt zusammen finden, und gleich dürft ihr etwas ganz Besonderes erleben. Wir werden einen meditativen Waldspaziergang machen. Die Sonne geht bald unter und wir haben das Glück, dass sie uns heute einen schönen Tagesabschluss beschert."

Renate blickte in den Abendhimmel, der sich langsam rötlich färbte und spürte, dass sie froh war, hier zu sein. Was eben in ihr noch Verwirrung war, durfte sich bald in Entspannung auflösen. Alles war hier stimmig und sie konnte die Harmonie in sich spüren.

Giselle liebte solche Abende. Sonnenuntergänge faszinierten sie immer wieder, vor allem die am Meer, aber schöner als hier über dieser Lichtung konnte dieser Tag wohl nicht enden. Sie dachte an ihren Mann und dankte ihm wieder von Herzen für diese wundervolle Zeit, denn die erlebte sie hier, eine Zeit voller (kleiner) Wunder.

Josefine, die die Natur in allen Facetten liebte, spürte direkt, wie sie die ihr bekannte Kraft, die sie nur in der Natur erleben konnte, erfüllte und nahm die Einladung von Alena an. Sie mochte den Gedanken, mit netten Menschen die Natur zu teilen, ohne viel zu reden.

Katharina freute sich auch auf das, was sie erwartete, denn alles, was ihr gut tat, war da.

Antony schaute sich immer noch suchend nach Anastasia um. „Wo bleibt sie denn?" fragte er sich und dann fragte er Alena: „Hat sich Anastasia von dem Abendspaziergang abgemeldet? Weiß jemand, wo sie ist?" Alle schüttelten die Köpfe. Niemand hatte sie nach dem Abendessen gesehen. Antony fragte Alena, ob er sie eventuell suchen solle. Alena meinte jedoch, dass der Abendspaziergang ein freiwilliger Programmpunkt sei, und dass jeder frei entscheiden könne, was er oder sie tue.

Antony machte sich Gedanken um Anastasia und dann verkündete er: „Ich schaue nach, ob sie in ihrem Zimmer ist, dann kommen wir eventuell nach. Geht ihr ruhig schon mal vor. Wir finden euch."

Alle waren einverstanden und warteten auf das, was Alena ihnen nun zu dem Spaziergang sagen wollte.

Als alle nun gut vorbereitet um Alena standen, sagte sie: „Ihr werdet heute Abend die Kraft der Natur spüren und zwar mit allen Sinnen. Vielleicht denkt ihr, dass ihr das bei jedem Spaziergang tut, aber heute möchte ich euch zeigen, dass das noch viel intensiver geht. Das Beste daran ist, dass es immer möglich ist, diese Kraft, die die Natur uns schenkt, aufzunehmen. Das einzige, was ihr braucht, ist ein Stück Natur und die Zeit, sie zu genießen. Es kann auch ein Park sein oder der Wald am Stadtrand. Nun beginnt erstmal zu gehen. Ich betone das Wort 'gehen'. Ja, gehen kann jeder, denkt ihr wohl, aber gut gehen ist etwas ganz anderes. Gönnt jedem Schritt eure Aufmerksamkeit. Spürt, was die

Füße leisten, wenn sie gehen. Bedenkt, sie tragen euch durch die Welt. Schenkt ihnen und euren Beinen etwas Dankbarkeit!"

Robert ging und der Ausdruck „gut gehen" gefiel ihm. Wie viele Male hat er es sich gut gehen lassen? Und nun spürte er, dass es ihm gut ging, wenn er gut ging. Ihm schien, als sei das ganze Leben ein Wortspiel.

Katharina spürte wie immer beim Gehen Schmerzen in den Knien und in ihrem Kopf. Etwas Ärger kam ihr in den Sinn, warum musste ihr immer etwas weh tun, während andere scheinbar mühelos und schmerzfrei die Schritte spüren durften. Vielleicht war es aber auch ihre Aufgabe, genau das zu spüren. Sie hatte schon viele Bücher darüber gelesen, wozu Schmerzen gut sein sollten. Es gab Erklärungen über Erklärungen, die ihr alle nicht halfen. Sie versuchte den Schmerz wegzuatmen, als Alena sie fragte, wo ihr Schmerz genau war. Katharina war ganz verwundert, dass Alena über ihre Schmerzen Bescheid wusste. Alena zeigte ihr, wie sie ihre Füße besser aufsetzen konnte, massierte ihr kurz die Schultern und mit der Zeit wurden die Schmerzen weniger und auch sie spürte etwas Entspannung.

Alena erklärte: „Nun möchte ich euch einladen, richtig zu atmen. Wir atmen ein, gehen vier Schritte und zählen dabei bis vier, dann atmen wir bis vier aus. Ich möchte gerne, dass ihr nun einfach die nächsten fünf Minuten schweigend geht. Immer mit euch selber im Einklang. Lenkt eure Aufmerksamkeit auf das Atmen und Gehen. Ihr dürft natürlich alle Geräusche, die ihr hört, wahrnehmen und als Geschenk sehen."

Diese Art des Gehens gefiel Renate sehr gut. Sie spürte, dass sich in ihr eine wohltuende Ruhe und Wärme ausbreitete. Josefine ging wie sie immer ging. Sie war schon immer, seit sie denken konnte, achtsam gegangen. Ihr Großvater war auch ein Naturliebhaber wie sie und hatte das ruhige, achtsame Gehen mit ihr geübt. Er sprach in der Natur stets noch weniger als sonst und lehrte sie dadurch die Geschenke der Natur zu schätzen. Im Stillen dankte sie ihm für diese Lehre.

Giselle und Katharina taten genau das, was Alena ihnen gesagt hatte. Beiden war diese Art des Spazierengehens noch fremd. Beide waren es gewohnt, eher schnell unterwegs zu sein, aber die neue Erfahrung tat ihnen gut. Sie wollten sich gern unterhalten, wollten aber auch Alenas Anleitung nicht widersprechen. Daher blickten sie sich immer wieder an, lächelten einander zu und gingen schweigend und achtsam.

Während die anderen das achtsame Gehen in der Natur erlebten, traf Antony Anastasia in ihrem Zimmer. Sie saß auf ihrem Bett, als Antony anklopfte. Er betrat das Zimmer, nachdem Anastasia ihn zum Eintreten aufgefordert hatte. „Oh je", sagte er, „du hast ja eine Klosterzelle als Zimmer!" Anastasia erwiderte: „Klein, aber fein, und ich finde, dass dieses Zimmer gut für mich ist. Weißt du, Antony, ich lebe sehr intensiv, aber oberflächlich. Ich lege sehr viel Wert auf modische Kleider, sorge mich um meine Figur, habe ständig andere Männer und dachte bis eben, dass es genau das richtige Leben ist. Ich habe keine Verantwortung außer für mich. Ich habe zu Hause ein großes Schlafzimmer, das mit allem Möglichen vollgestopft ist. Ich frage mich gerade, ob das alles richtig ist. Was ich wirklich brauche. Ich bin gerade etwas verwirrt. Ich habe so viel, aber jetzt gerade keine Schuhe, die ich in den Wald anziehen kann!" Unglücklich betrachtete sie die schicken Sneakers in ihrer Hand.

Antony hörte interessiert zu und sagte dann: „Und was soll an deinem Leben falsch sein? Du bist eine schöne Frau, die ganz genau weiß, wie sie den Männern gefallen kann. Mir jedenfalls gefällst du und ich habe nichts gegen einen Flirt, gern auch etwas mehr, und wenn du keine Schuhe hast, um in den Wald zu gehen, bleiben wir hier. Da brauchen wir keine Schuhe. Wir sind hier im Naturjuwel, damit es uns gut geht. Und wie genau dieses Gutgehen aussieht, dürfen wir beide entscheiden!" Während dieses Satzes streichelte er Anastasia zart über den Rücken. Anastasia spürte, dass es ihr gerade sehr gut ging bei dieser zarten Liebkosung. Es durfte sein. Sie nahm Antonys Hand und führte diese zu ihrem Oberschenkel, und dann streichelte sie Antony liebevoll über die Wange und flüsterte ihm zu: „Du bist ein schöner Mann!" Plötzlich spürten beide eine gewisse Vertrautheit in ihren Gesten.

Die Gruppe, die nun langsam in die Nähe des Waldes kam, war sehr ruhig. Alle hielten sich an das Angebot, einige Schweigeminuten zu erleben.

Robert atmete tief und ruhig, und der Gedanke, dass es ihm gut ging, wenn er gut ging, machte ihn glücklich. Er spürte, dass der Mensch nicht viel brauchte, um zufrieden zu sein.

Alena brach das Schweigen mit der Einleitung der nächsten Übung. „Nun möchte ich, dass ihr euch zu zweit zusammentut. Ich will euch auf die Geräusche der Natur aufmerksam machen. Dazu verbindet sich jeweils einer die Augen, während der andere ihn führt. Das schult die Achtsamkeit des Gehörs und fördert Vertrauen. Ihr vertraut euch nun gegenseitig. Ich schlage vor, dass Renate und Josefine, Giselle und Robert, und Katharina und ich diese Übung zusammen durchführen. Ich denke es reicht, wenn wir mit fünf Minuten beginnen."

Robert, Katharina und Josefine ließen sich zuerst die Augen verbinden. Während sie sich von ihren Partnern führen ließen, lauschten sie allen Geräuschen, die die Natur am frühen Abend schenkte. Das Gezwitscher der Vögel stimmte sie alle heiter. Robert war erst sehr unsicher und konzentrierte sich eher auf das Gehen, bis er spürte, dass Giselle ihn sicher am Waldrand entlang führte. Er hörte wie einzelne Vögel sich durch Zwitschern verständigten, er vernahm das Flüstern der Bäume im Wispern der Blätter. In der Ferne glaubte er das Wasser des Wasserfalls zu hören. Die Stille der Natur hatte so unendlich viele Facetten.

Josefine fiel es leicht, Renate zu vertrauen. In der kurzen gemeinsamen Zeit waren die beiden Frauen sich schon sehr vertraut geworden. Sie liebte die Abendstimmung und genoss diese Erfahrung.

Katharina tat sich schwer damit, sich führen zu lassen. Es war ja sonst im alltäglichen Leben so, dass sie führte und alles lenkte. Alena sagte ihr immer wieder: „Vertraue mir, ich passe gut auf dich auf! Lausche den Naturklängen. Sie sind die Töne, die deine Seele beruhigen."

Nachdem die fünf Minuten vorbei waren, tauschten sie die Rollen. Nun durften Katharina, Robert und Josefine den anderen diese wundervolle Erfahrung des Geführtwerdens schenken. Robert lenkte Giselle sehr ruhig durch die Dämmerung, was diese genussvoll annahm. Renate konnte sich gar nicht entspannen, sie redete immer wieder, bis Josefine ihr einmal kraftvoll sagte: „Jetzt ist es aber gut, Renate, ich passe auf dich mindestens so gut auf, wie du eben auf mich. Und jetzt höre genau hin, ich glaube, ich habe eben einen Kuckuck gehört."

Alena mochte diese Übung sehr, denn sie zeigte, wie schnell Vertrauen aufgebaut werden konnte, wenn die Menschen es zuließen.

An der kleinen Lichtung, bevor es in den Wald ging, hielten alle an. Nun waren sie alle angekommen, im Hier und Jetzt, an diesem Stückchen Paradies auf Erden.

Alena schaute in zufriedene Gesichter und sagte zu ihnen: „Jetzt gehen wir in den Wald. Ihr werdet im Wald die schöne Erfahrung machen, zu spüren, wie es dunkel wird. Habt keine Angst, vielleicht begegnen wir einem Reh oder Hasen. Manchmal sehen wir auch Eulen oder einen Nachtkauz. Wenn es am Boden raschelt, sind es meist kleine Mäuschen."

Alle schauten Alena erwartungsvoll an und dann marschierten sie los. Sie unterhielten sich nur im Flüsterton. Niemand wollte diese wundervolle Abendstimmung stören. Bei zunehmender Dunkelheit veränderte sich immer wieder der Anblick des Waldes. Alle waren froh, dass Alena sich gut auskannte und sie ihr alle vertrauen konnten. Robert sagte irgendwann zu Josefine: „Mir ist als unterhielten sich die Bäume. Ich glaube, ihr Wispern zu spüren." Josefine antwortete: „Robert, du hast Recht, die Bäume haben einen engen Gemeinschaftssinn. Sie unterhalten sich und sie können sogar spüren, wenn ihnen Gefahr droht. Schau mal, Robert, welch wunderbare Ordnung herrscht." Robert antwortete ihr: „Ich mag den Wald, er ist mir so vertraut. Und doch bietet er so viele Geheimnisse. Ich mag diesen einzigartigen Duft, den man nur im Wald

findet." Genussvoll atmete er ein und schwärmte: „Dieser herbe Moos-
geruch gemischt mit dem Duft der frischen Luft und der Bäume, ach
Mädels, ich könnte mir kein besseres Parfum wünschen."

Giselle umarmte ihn freundschaftlich und sagte zu ihm: „Du hast es erkannt, wir sind im Paradies angekommen."

Katharina und Renate gingen schweigend weiter. Beide wollten die
Abendstimmung ohne Störung genießen.

Alle waren in ihren Gedanken versunken, achteten aber noch immer
ganz genau auf den Weg, als Alena zu ihnen sagte: „Jetzt ist es soweit.
Wir sind angekommen. Ich lade euch nun ein, euren ganz besonderen
Baum zu finden. Dieser Baum schenkt euch dann ein paar wertvolle Minuten. Wenn ihr ihn gefunden habt, umarmt ihn. Er wird euch Kraft geben und euch seine Geschichte erzählen." Katharina freute sich über
diese Aufgabe, sie hatte als kleines Kind einen Lieblingsbaum, der irgendwann wegen eines neuen Hauses, gefällt wurde. Nun durfte sie es
wieder tun, einen Baum umarmen, und niemand würde sie auslachen.
Josefine war das Ritual, einen Baum zu umarmen, nicht fremd, sie
machte das immer wieder. Nun freute sie sich, dass sie diese Erfahrung
mit den anderen teilen durfte.

Renate tat sich schwer mit dem Gedanken, einen Baum zu umarmen.
Sie schaute sich um und fand dann eine dicke Eiche. „Du bist dann also
mein Baum. Du gibst mir Kraft. Dafür möchte ich dir danken. Und sei dir
gewiss, ich nehme nur so viel wie du mir geben kannst." sagte sie leise
zu dem Baum. Sofort dachte sie: „Oh je, jetzt rede ich schon mit einem
Baum. Aber bestimmt ist es der Beginn einer neuen Erfahrung!"

Giselle hatte auch noch nie einen Baum umarmt, fand aber dann ihren Baum ziemlich schnell. Zu ihrer eigenen Schande kannte sie den Namen ihres Baumes nicht, jedoch nahm sie sich vor, Alena später zu fragen. Im Moment war es ja auch nicht so wichtig. Giselle erfreute sich an der rauen Rinde, die an manchen Stellen bemoost war, und an der riesigen Krone. Sie fühlte sich an diesem Baum geborgen. Kaum hatte sie ihren Arm zögernd um den Stamm gelegt, fiel ein Stückchen Rinde in ihre Hand. Giselle bedankte sich bei dem Baum und nahm dieses Stückchen Rinde als Geschenk an.

Robert ging suchend umher. Alle anderen hatten ihren Baum schon gefunden, nur er noch nicht. Irgendwie wusste er nicht, welchen Anspruch er an diesen besonderen Baum stellen sollte. Dann sah er ihn. Vor ihm stand ein Baum, der aus zwei Stämmen bestand. Er konnte sich genau zwischen die beiden Stämme stellen. Während er den einen Stamm umarmte, gab ihm der andere Rückendeckung. Er dachte dabei, dass dieser Baum seine eigene Persönlichkeit widerspiegelte. Er sah in diesem Zwiesel, wie diese Art Bäume genannt wurden, sein eigenes Ich, zweigeteilt, und trotzdem doch eine stabile Einheit. Besonders das Stärkungsgefühl, das ihm der Baumstamm in seinem Rücken gab, konnte er uneingeschränkt genießen. Er war so fasziniert davon, dass ihm die Tränen über das Gesicht liefen. Zu seinem Baum sagte er ganz leise, aber ganz gerührt: „Ich danke dir, du schöner Baum, dass du mich aufgenommen und gestärkt hast. Ich wünsche dir, dass du sehr alt werden darfst, dass dir niemand ein Leid antut, und dass noch viele andere Menschen von dir Kraft bekommen können." Alena sah, wie ihre Schützlinge immer mehr zu einer Einheit mit ihren Bäumen wurden, und sie freute sich sehr. Sie selber hatte auch einen besonders vertrauten Baum in diesem Teil des Waldes. Sie ging zu ihm, umarmte ihn und bat ihn um ganz viel Kraft für das, was sie in der nächsten Zeit noch zu tun hatte. Sie dachte an Antony und Anastasia, die die Gruppe nicht begleitet hatten. Morgen wollte sie auf jeden Fall mit ihnen reden, denn Alena war es wichtig, dass auch die beiden gestärkt von dem Seminar heimfahren konnten. Natürlich konnte sie die beiden zu nichts zwingen, aber sie wollte ihnen alle Möglichkeiten anbieten, die in ihrer Kraft lagen, um auch ihnen Gutes zu tun.

Nach einigen Minuten des Krafttankens rief sie ihre Gruppe zusammen. Es wurde Zeit zum Zurückgehen. Alle verabschiedeten sich von ihren Bäumen mit dem Wunsch, das wieder zu erleben.

Giselle ging schweigend neben Alena, bis Alena sie fragte: „Giselle, was hast du erlebt?"

Giselle sagte: „Mir war das Umarmen des Baums sehr fremd, vor allem weil ich nicht wusste, welchen Baum ich umarmen durfte. Aber als ich mich mit ihm angefreundet hatte, wurden wir zu einer Einheit. Er gab mir Kraft und mir wurde ganz warm." Alena sagte: „Das ist sehr gut so. Das wollte ich so. Und du hast dir eine Buche ausgesucht. Die Buche ist der beste Kraftgeber im Wald."

Renate sagte zu Alena: „Ich habe den Baum umarmt, aber ich konnte nichts damit anfangen. Ich glaube einfach, dass ich einfach entweder nicht den richtigen Baum hatte oder einfach nicht offen genug dafür war. Es ist aber nicht schlimm, ich habe diese Ruhe, mit der der Wald mich verwöhnt hat, sehr genossen und somit ist alles gut!"

Katharina hörte Robert ganz gespannt zu, als er ihr von seinem Baumerlebnis erzählte. Sie freute sich mit ihm, denn auch sie hatte die Gemeinschaft mit dem Baum sehr genossen.

Völlig zufrieden ging die Gruppe weiter und als sie aus dem Wald traten, spürten sie alle, wie hell der Mond schien. Ein Lichtkegel fiel vor ihnen auf die Wiese. Alle standen nun dort zusammen, in diesem wunderschön warmen Schein des Mondes.

Alena sagte zu ihnen: „Jetzt sind wir in der versprochenen Sternstunde angekommen. Erlaubt euch nun die Sterne zu beobachten und spürt den Reichtum des Universums. Ich möchte euch mit dem Gedanken der grenzenlosen Fülle und der himmlischen Ordnung eine gute Nacht wünschen." Alle standen unter dem Sternenhimmel und waren sich sicher, dass sie gut schlafen würden. Nach einigen Minuten des stillen Nachdenkens wollten sie zufrieden und entspannt in ihre Zimmer zurückkehren, um sich für das auszuruhen, was sie am nächsten Tag erwarten würde.

Während der größte Teil der Schreibgruppe den abendlichen Wald erkundete, erkundete Antony Anastasias Körper. Was er zuerst mit zärtlichem Streicheln begonnen hatte, führte er nun weiter in einer immer tiefer werdenden Leidenschaft. Seine Hände glitten sanft über Anastasias Busen. Anastasia ließ ihn alle Körperregionen erkunden. Sie genoss das alles sehr und begann auch Antony zu küssen. Ihre heißen Küsse bedeckten zuerst sein Gesicht, dann seinen Hals. Als Anastasia seinen Bauch küsste, stöhnte Antony lustvoll und hauchte: „Anastasia, du bist eine Künstlerin der Verführung, gib mir heute so viel davon, wie du geben kannst, aber lass noch etwas für morgen übrig." Aber Anastasia dachte gar nicht daran, mit Berührungen zu sparen. Sie erlebte den Rausch der Leidenschaft. Sie küsste Antony immer wieder, während er sie mit seinen Händen und Fingern so verwöhnte, dass sie bald in eine Form von Ekstase geriet. Anastasia schnurrte wie eine Katze. Antonys Hände waren begnadet. Sie verstanden es, eine Frau sinnlich zu verwöhnen. Anastasia war wie elektrisiert. Sie wusste zu diesem Zeitpunkt nicht, wie sie vorher ohne Antonys Berührungen hatte leben können, und ob sie je wieder ohne diese Berührungen leben wollte. Als Antony mit dem Streicheln aufhörte und mit dem Küssen weiter machte, wurde Anastasia ganz schwindelig von dem Liebesrausch. Aber sie wollte ihn heute Abend nicht bis zum Äußersten verführen. Sie liebte es, mit ihren Männern zu spielen. Sie reizte sie zuerst und dann beendete sie das Liebesspiel immer schnell. So hatten die Männer am nächsten Tag noch mehr Lust auf sie und verführten sie noch stimmungsvoller oder machten ihr Geschenke. Anastasia flüsterte Antony ins Ohr: „Nun muss mein großer starker Mann aber in sein eigenes Bettchen und ganz fest schlafen, so dass er stark bleibt für die kommende Nacht!" Antony mochte Anastasias heisere, lüsterne Stimme und er wehrte sich, indem er hauchte: „Ich will dich jetzt und hier in deiner Klosterzelle." Doch das wollte Anastasia nicht, sie wollte den Genuss des Streichelns noch lange auf ihrer Haut spüren. Daraufhin drehte sich Anastasia um, gab ihm einen Klaps auf den Po und sagte: „Wenn du brav bist, darfst du morgen wiederkommen. Und jetzt gehen wir beide Sterne gucken, immerhin gehört die Sternstunde zu unserem Programm."

Die beiden zogen sich ihre Kleider an und Anastasia legte einen Wollumhang um ihre Schultern. Antony schaute ihr zu und sagte zu ihr: „Du bist eine wunderschöne Frau. Lass mich dir den Sternenhimmel zu Füßen legen." Er fasste Anastasias Hand und zog sie aus dem kleinen Zimmer.

Als sie auf der Wiese vor dem Gästehaus waren, schaute Anastasia zum Himmel und sagte: „Hier scheinen die Sterne und der Mond viel heller als daheim. Antony, lass uns Ausschau nach einer Sternschnuppe halten. Wenn wir eine sehen, dürfen wir uns etwas wünschen."

Dann schlenderten sie gemütlich zum Waldesrand, wo sie auf die anderen trafen. Alena begrüßte sie: „Hallo ihr beiden, ich habe euch zur Sternstunde vermisst. Ich hoffe, es geht euch gut und ihr habt eure Zeit in eurem Sinn genutzt." Antony lächelte sie süffisant an und antwortete ihr: „Alles gut, Alena, wir hatten unsere eigene Sternstunde." Anastasia lächelte bei dem Satz wissend und die anderen wussten auch sofort, welche Sternstunde die beiden sich geschenkt hatten.

Katharina verabschiedete sich als Erste von den anderen mit folgenden Worten: „Es war ein wunderschöner Nachmittag, der mir sehr gut getan hat, aber ich gehe nun in mein schönes Zimmer und wünsche euch allen eine gute Nacht." Sie freute sich darauf, eine der saftigen Orangen zu essen, die auf ihrem Tisch standen. Dann wollte sie sich in die kuschelige Decke hüllen und noch etwas lesen. Alle umarmten sich zufrieden, bevor sie nacheinander in ihre Zimmer gingen. Giselle freute sich auch auf ihr Zimmer, sie wollte ihren geliebten Mann noch anrufen, ihm ein Foto ihres Zimmers schicken und ihm nochmal danken, dass er ihr ein solch schönes Geschenk gemacht hatte.

Renate genoss ihr Zimmer auch sehr. Sie duschte sich mit dem Rosenduschgel und schrieb danach ihren Kindern noch eine Nachricht und legte sich dann vollkommen zufrieden in ihr Bett.

Josefine betrat ihr Zimmer und dachte direkt an die gerade vergangene Zeit im Wald. Sie war für heute in ihrer Mitte angekommen und das stimmte sie sehr glücklich.

Robert ging in sein Zimmer. Er war nachdenklich. Zuviel war geschehen. Er überlegte, ob er seine Frau anrufen sollte, aber die schaute zu dieser Zeit ihre Lieblingsserie und er wusste, dass sie dabei nicht gestört werden wollte. Er schaute sich im Zimmer um. Die Farbe Gelb leuchtete ihn an. Er fühlte sich wohl. Er trank den Rest seiner Limonade und aß den Apfel, den er noch vom Reiseproviant übrig hatte. Er dachte nach und ihm wurde ganz bewusst, wie eingefahren sein Leben war. Alles war so vorbestimmt, jeder Tag war geplant und Überraschungen gab es schon lange nicht mehr. Nicht einmal am Geburtstag. Da bekam er jedes Jahr von seiner Frau das Abonnement der Sportzeitung, die er vor langer Zeit gern gelesen hatte, und er schenkte seiner Frau immer das Parfum, das sie so gern mochte. In diesem Moment stockten seine Gedanken. Er dachte sich: „Oh je, wenn sie auf einmal den Duft des Parfums genauso wenig mochte, wie ich die Sportzeitung lese, dann freute sie sich ja gar nicht mehr. Es ist an der Zeit, das alles zu ändern."

Auch Antony und Anastasia ließen voneinander los und jeder ging in sein Zimmer. Anastasia spürte in ihrem kleinen Zimmer noch den Duft ihrer kleinen Sternstunde mit Antony, aber sie bedauerte es nicht, dass er nun in seinem Zimmer war. Das wollte sie sich am nächsten Tag gern anschauen.

Antony saß auf seinem Bett und fühlte sich sehr einsam. Das kleine Stelldichein mit Anastasia war nett gewesen, aber nun war er allein in diesem kleinen, blauen Zimmer. Er hätte sehr gerne einen Schlummertrunk zu sich genommen, doch er hatte nur das kristallklare Wasser. Er spürte genau, dass der Genuss eines Drinks am Abend längst Gewohnheit geworden war. Auch vermisste er das Fernsehen. Gott sei Dank hatte er sein Tablet. Damit konnte er seine Mails checken und vielleicht fand er noch einen Chat im Internet. Doch dann bemerkte er, dass er keinen Zugang zum Internet hatte. „So ein Mist!" schimpfte er. Er schaute in die Schublade seiner kleinen Kommode, ob da was zu lesen war. Er fand darin ein kleines, blaues Buch mit dem Titel 'Lebenswert'. Er schaute in das Büchlein, aber die kurzen Texte neben den Bildern gaben ihm nichts. Er klappte es zu und legte sich zum Schlafen ins Bett. Doch einschlafen konnte er nicht, es war um ihn herum zu still. Er dachte über das Erlebte nach und irgendwann schlief er dann auch ein.

Alena ging noch kurz ins kleine Künstlerhaus, um sich für diesen Tag von Dominikus zu verabschieden. Sie erzählte ihm von dem Waldspaziergang, den Baumumarmungen, und dass alle glücklich sind.

Dann gingen auch Alena und Dominikus in ihre Zimmer und wollten sich für den nächsten Tag erholen.

Am nächsten Morgen erwachte Josefine von dem Gezwitscher der Vögel, die sich wohl auch auf den neuen Tag freuten. Sie stand auf, machte sich frisch, zog ihre bequeme Hose und ihr geliebtes Shirt und die Laufschuhe an. Sie wollte eine kleine Runde durch die morgenfrische Natur machen. Sie wollte den neuen Tag dort beginnen, wo sie den gestrigen Tag dankbar verabschiedet hatte.

Das Wetter war nicht ganz so schön wie am Tag davor, doch das störte sie gar nicht. Sie sah die Sonne aufgehen, milchig hinter einer Wolkenschicht.

Sie atmete den frischen Duft des Morgens tief ein. Sie füllte die Lungen damit und wünschte sich, dass der Sauerstoff alle Zellen ihres Körpers erreichte.

Katharina reckte sich in diesen frühen Morgenstunden. Nach einem Blick auf den Wecker erlaubte sie sich, sich noch einmal in ihre Decken zu kuscheln und dann den Tag träumend gemütlich zu beginnen. Ihre Gedanken wanderten zu Dominikus und sie fragte sich, was er wohl heute mit ihnen vorhatte.

Sie freute sich auf die Schreibstunden. Dann stand sie auf, duschte sich, machte sich die Haare besonders schön zurecht, zog sich nett an und ging zum Speiseraum, wo sie sich einen Kaffee erhoffte.

Auf dem Weg dorthin traf sie Renate, die schon topfit schien. Sie sah so ausgeruht und frisch aus, als hätte sie einige Tage Urlaub hinter sich. Katharina sagte: „Guten Morgen Renate, hast du gut geschlafen? Du siehst schon so frisch aus." Renate strahlte sie an: „Ich glaube, der Ort hier hat für mich zauberhafte Energien und heute morgen war ich hier draußen, als es noch fast dunkel war. Da bin ich erstmal barfuß über die Wiese spaziert, und weil ich spürte, wie gut das tat, hab ich spontan meine Kleider ausgezogen und mich ins Gras gelegt. Der Morgentau hat alle Zellen zum Leben erweckt. Dann bin ich schnell in mein Zimmer, hab geduscht und das Ergebnis siehst du ja." Sie lachte und meinte: „Ich hatte Glück, dass alle noch schliefen und ich mich ohne Kleider auf die Wiese liegen konnte, aber dieses Morgentaubad könnten sie hier ins Wellnessprogramm aufnehmen. So, und jetzt brauch ich einen Kaffee!" Sie hakte Katharina unter und beide gingen zum Speisezimmer. Dort trafen sie Giselle und Robert, die schon gemütlich vor dem reich gedeckten Frühstückstisch saßen. Sie begrüßten sich herzlich. Kurz darauf kam auch Josefine von ihrer Morgenrunde zurück und alle ließen sich das Frühstück, das Alena zubereitet hatte, schmecken.

Nach einer gewissen Zeit kam auch Anastasia. Sie schaute etwas mürrisch in die Runde. Alle begrüßten sie freundlich, doch sie blieb einsilbig. Sie schaute sich das Frühstücksangebot an, verzog das Gesicht und meckerte: „Da ist ja nichts dabei, was ich möchte. Ich esse morgens immer ein Croissant und trinke einen großen Milchkaffee." Robert sagte zu ihr: „Weißt du, Anastasia, hier ist nicht 'immer', hier ist 'etwas Besonderes', also probiere dieses köstliche Brot mit dieser Marmelade. Du wirst deine Croissants nicht vermissen. Ich kann dir sagen, dass es nichts Blöderes gibt, als immer zu tun, was man immer getan hat. Nutze diese Zeit, um alles neu zu gestalten."

Anastasia murmelte nur: „Es bleibt mir ja nichts anderes übrig!" Katharina sagte: „Doch! Hunger haben. Du kannst über die Dunkelheit jammern oder ein Licht anzünden. Dir bleibt bei allem im Leben eine Wahl. Immer! Immer wieder!"

In diesem Augenblick flog die Tür auf und Antony kam in den Raum. „Guten Morgen allerseits", rief er, „hat jemand einen Kaffee für mich?" Robert sagte zu ihm: „Setz dich erstmal und komme an!"

Renate dachte: „Manche Menschen kommen, andere erscheinen, und zu denen gehört Antony!" Sie schüttelte bei dem Gedanken den Kopf.

Antony setzte sich neben Anastasia, die immer noch nicht richtig wach war. Dann nahm er sich eine Tasse, füllte sie mit Kaffee, trank sie aus und sagte: „Nun kann es losgehen!"

Alena beobachtete das Geschehen beim Frühstück und wusste, dass Antony etwas Hilfe brauchen würde, um die Ruhe zu finden, die er zum Schreiben brauchte. Die anderen schienen angekommen zu sein. Anastasia tat sich etwas schwer, ein Leben zu leben, das nicht oberflächlich war. Sie legte zu viel Wert auf das Äußere. Alena überlegte sich, wie sie diesen Tag beginnen konnte, damit alle einen guten Start in den neuen Seminartag hatten.

Als sie sah, dass alle mit dem Frühstück fertig waren, sagte sie: „Ich möchte gern, dass ihr gleich in das Wellnesszimmer kommt. Ich möchte euch zu einer kleinen Morgenmeditation einladen. Beginnt den Tag in Ruhe und ich führe euch zu der Achtsamkeit, die ihr braucht, um Schreiben zu können und um das Leben wertvoller spüren zu können. Also ihr Lieben, bis gleich!"

Giselle freute sich sehr auf das Wellnesszimmer. Sie hatte gestern Abend schon einmal hinein geschaut und war ganz begeistert von der Schönheit dieses Zimmers.

Katharina, Renate und Josefine wussten noch nicht so genau, was von der Morgenmeditation zu erwarten war, aber genau das erfreute sie.

Robert war im kleinen Künstlerhaus mit allen Sinnen angekommen. Er mochte diese neuen Erfahrungen gern und freute er sich auch auf das, was nun kommen sollte.

Anastasia verzog beim Gedanken an die Meditation das Gesicht. Sie wusste nicht, was da auf sie zukam, denn das Wort 'Meditation' klang in ihren Ohren so fromm, so spirituell, so fremd. Aber sie wollte nicht schon wieder fehlen und schaden konnte es ja auch nicht.

Antony sagte zu Alena: „Das ist nichts für mich, ich geh in der Zeit eine Zigarette rauchen und versuche mal, ob ich in dieser Gegend mal kurz ins Internet komme. Das bringt mich weiter als alles andere!" Alena, die im Grunde sehr sanftmütig war, wurde bei diesem Satz etwas missmutig und reagierte etwas schroff: „Du, Antony, ich weiß gar nicht, warum du dich gegen alles sträubst, was ich euch anbiete. Ich weiß auch nicht, warum du hier bist. Aber ich weiß, dass du dir nichts Gutes tust, wenn du immer auf Empfang für die Außenwelt bist. Natürlich ist es dir freigestellt an meinen Meditationen teilzunehmen, aber ich es mag nicht, wenn mir jemand sagt 'Das ist nichts für mich', wenn er oder sie es nicht probiert! Und nun triff deine eigene Entscheidung und vergiss nicht: Das, was du tust, tust du nur für dich!"

Dann ließ sie ihn stehen und ging aus dem Speisezimmer. Die Kursteilnehmer leerten ihre Getränke, räumten ihr Geschirr zusammen und gingen in den Wellnessraum.

Dort hatte Alena leise Musik angemacht. Der Duft von Zitronen und Orangen erfüllte den warmen Raum. Sie setzten sich schweigend auf die Matten und freuten sich auf das, was kommen würde. Antony hatte sich nach dem Gespräch mit Alena entschieden, sich die Sache mal anzuschauen. In Gedanken sträubte er sich immer noch gegen eine Meditation, nur wollte er dem Ganzen mal eine Chance geben. Er wusste ja genau, warum seine Angestellten ihm diese Auszeit geschenkt hatten. Er war immer zu hektisch und machte immer mehrere Dinge gleichzeitig und oft ging es ihm nicht gut dabei. Und er wusste auch nicht, wie er seinen Angestellten würde erklären sollen, dass er nicht alles mitgemacht hatte. Denn sie hatten ja viel Geld für diese Auszeit ausgegeben und wollten ihm helfen, damit es ihm gut ging. Das war ja eine sehr nette Geste und er wollte sie nicht enttäuschen.

Alena kam lächelnd in den Raum. Sie hatte eine kleine Schale dabei, die mit Steinen gefüllt war. Sie legte die Steine ganz ruhig um die brennende Kerze zwischen die Heilsteine. Dann setzte auch sie sich schweigend auf eine Matte. Nach ein paar Minuten sagte sie zu ihren Gästen: „Ich freue mich sehr, dass ihr alle gekommen seid. Ich möchte jetzt etwas mit euch ausprobieren. Als erstes lade ich euch ein, auf euren Atem zu achten, wie ihr einatmet und dann ausatmet. Alles ist richtig, wenn ihr euch wohl fühlt."

Im Raum hörte man nun nur die leise Musik und das Atmen, bis Alena sie aufforderte: „Nun entspannt eure Nackenmuskulatur, reckt und streckt euch, lasst alle Energien fließen. Öffnet euren Mund etwas und entspannt das Gesicht. Ihr dürft auch aufstehen, wenn euch das gut tut." Alle blieben auf ihren Matten. Renate legte sich auf den Rücken, Giselle legte sich auf den Bauch, Josefine probierte immer neue Positionen, Robert saß stabil auf seinem Kissen, Anastasia setzte sich auf ihre

Füße und Antony stand auf, um dann fest auf beiden Füßen zu stehen. Als alle ihre Wohlfühlposition gefunden hatten, sagte Alena zu ihnen: „Ich möchte jetzt, dass ihre eure Augen schließt und eure Hände öffnet. Ich möchte euch etwas geben. Wenn es in eurer Hand liegt, spürt ihr, was es ist. Lasst die Augen geschlossen und beobachtet das, was in euch geschieht. Konzentriert euch auf das, was ihr spürt, und danach dürft ihr eure Erfahrungen teilen."

Als alle die Augen geschlossen hatten, legte sie in jede Hand einen Kieselstein, der immer die passende Größe der entsprechenden Hand hatte.

Sie sah auch, dass Antony etwas blinzelte, aber das war in Ordnung für sie. Er war ja da, und das war ihr schon sehr wichtig.

Alle Hände umschlossen die Steine und im Raum herrschte eine gute Atmosphäre. Alena spürte die gute Energie, die sich im Raum verteilte.

Nach einigen Minuten der Stille forderte sie die Gäste auf, ihre Augen zu öffnen und kurz zu sagen, was sie gerade dachten oder fühlten.

Josefine sagte sofort: „Genauso hab ich ihn mir vorstellt!" Sie betrachtete ihren Stein und freute sich darüber. Giselle sagte: „Ich habe direkt gemerkt, dass es ein Stein ist, der erst ganz kalt war, dann aber immer wärmer wurde. Ich dachte, es sei ein Heilstein, der mir Energie gibt, und nun habe ich hier einen einfachen Kieselstein in der Hand."

Renate sagte: „Ich habe meinem Stein in Gedanken meine Sorgen anvertraut und nun habe ich das Gefühl, dass ich leichter bin."

Katharina erklärte: „Ich habe auch eine große Wärme in meiner Hand gespürt, und weil mir das gut tat, sagte ich der Wärme, dass sie sich in mir ausbreiten möge. Und das tat sie dann auch. Und wenn ich darf, behalte ich den Stein bei mir."

Robert schaute den Stein in seiner Hand an und sagte dann: „Ja, es ist ein Stein, wie ich ihn überall finden kann. Ich glaube, er wollte mir sagen, dass es so viel Wertvolles gibt, was erstmal unscheinbar aussieht!"

Anastasia ließ den Stein in die andere Hand fallen und spielte mit ihm. Sie schaute in den Raum und zu den anderen und sagte: „Es tut mir Leid, aber ich konnte nicht viel damit anfangen. Ich möchte es aber heute Abend wieder probieren."

Antony meinte zu dem Thema: „Ich hab beim Anblick des Steines nur daran gedacht, wie oft uns Steine in den Weg gelegt werden. Ja, ich hatte die Augen geöffnet, und dann hab ich die Augen kurz zugemacht, und dann dachte ich, dass es aber immer wieder Menschen gibt, die uns helfen, gerade aus diesen Steinen Schönes entstehen zu lassen. Danke Alena!"

Alena freute sich sehr, dass alle etwas bei dieser kleinen Übung erlebt hatten und sagte zu ihnen: „Selbstverständlich dürft ihr den Stein behalten, tragt ihn heute den ganzen Tag bei euch und heute Abend entscheidet ihr, was ihr damit macht. Bedenkt: Alles ist möglich. Und nun wünsche ich euch einen schönen Vormittag. Ich freue mich darauf, mit euch um 13.00 zu essen. Ich koche für euch etwas sehr Gutes. Dominikus erwartet euch jetzt im Schreibzimmer. Bis später dann."

Alle waren entspannt, steckten ihre Steine ein, nahmen ihre Schreibutensilien und gingen die schöne Holztreppe hinunter in das schöne und helle Schreibzimmer.

Im Schreibzimmer saß Dominikus auf seinem Platz als alle nacheinander eintrafen. Er hatte wieder auf jedem Platz Zettel und frisch angespitzte Bleistifte verteilt. Sie setzten sich alle auf den gleichen Platz wie am Vortag. Antony verzog wieder das Gesicht und drehte den Bleistift in der Hand. „Ja", sagte Dominikus, „ja, wir schreiben wieder von Hand! Und Antony, du wirst Freude daran haben. So wie gestern auch."

Dominikus begrüßte gleich darauf alle seine Schüler und erklärte ihnen: „Heute will ich mit euch üben, ein Haiku zu schreiben. Das Haiku ist eine Gedichtform, die ursprünglich aus Japan stammt, aber in der deutschen Dichtkunst auch einen gewissen Stellenwert gefunden hat. Das Haiku hat ein ganz bestimmtes und unwandelbares Silbenschema. Der Inhalt soll aus der Gegenwart stammen. Aus dem Silbenschema entsteht ein offener Text, der nicht alles sagt, aber dessen Sinn sich im Zusammenhang erschließt."

Sieben ungläubig guckende Augenpaare schauten Dominikus an. Renate dachte: „Ich verstehe nur japanisch." Und Anastasia sagte zu ihm: „Ich bin raus, ich kann das nicht!"

Dominikus sagte zu ihnen: „Es ist nicht schwer, ihr spielt mit Worten. Ich sage euch nun, wie ein Haiku aufgebaut ist. Die erste Zeile besteht aus fünf Silben, die zweite aus sieben und die dritte wieder aus fünf. Ihr nehmt euch jetzt einfach ein Thema, welches euch in den Sinn kommt. Dann spielt mit den Worten. Ich bin überzeugt davon, dass gleich jeder von euch ein Haiku auf seinem Blatt oder in seinem Heft stehen hat. Die Zettel, die ich euch hingelegt habe, sind zum Gestalten der Haikus gedacht. Lasst euch auf dieses Wagnis ein. Probiert, zählt, formt, schreibt!"

Antony stöhnte auf und sagte: „Wo bin ich hier nur hin geraten, erst meditieren, dann auch noch dichten?" Dominikus sagte zu ihm: „Das stimmt, du bist an einen der schönsten Orte der Welt geraten und darfst dich hier und jetzt mit schönen Dingen beschäftigen. Probiere es aus und du wirst sehen, welche Freude du erleben darfst."

Inzwischen hatten die andern schon angefangen, ihre Worte zu finden und diese anzuordnen. Er hörte an jedem Platz das einseitige Zählen. Er sah, dass immer wieder durchgestrichen und radiert wurde. Die Wangen der Autoren wurden etwas roter, aber die Stimmung im Raum war gut. Alle arbeiteten vor sich hin. Bald darauf blickte er in zufriedene Gesichter. Jeder hatte es geschafft ein Haiku zu verfassen. Anastasia war richtig stolz auf sich, sie hatte verstanden, was sie tun sollte und auf ihrem Blatt stand in schönster Schrift:

> *Mondscheinhell und klar*
>
> *Ich, du, wir ganz hier, ganz nah*
>
> *Sterne leuchten hier*

Als Dominikus sah, dass alle fertig waren, forderte er sie auf, ihre Werke vorzulesen. Diesmal war es Anastasia, die als Erste lesen wollte. Und als sie ihren Text mit stabiler Stimme mit den anderen teilte, wusste Antony sofort, welche Stunde Anastasia beschrieben hatte. Er freute sich, dass er diese Stunde mit ihr geteilt hatte.

Dann kam Katharina an die Reihe und las leise ihr Haiku vor:

„Ein Baum, für mich da

Große Gefühle ganz nah

Kraft, Mut, Stärke... ich!"

Um sie herum herrschte Stille. Es war schön, den eigenen Text zu hören. Sie sagte: „Ich war sehr unsicher, ob ich das kann, aber dann ging es und es macht Spaß. Mit Worten spielen. Danke für diese Übung!"

Josefine wollte nun auch ihr Werk weitergeben. Sie freute sich auch, dass es ihr gelungen war, etwas völlig Unbekanntes zu schaffen. Sie konnte ihr Haiku schon in der richtigen Sprachmelodie vortragen, sodass wieder alle fasziniert zuhörten:

„Sonnenaufgang heut

Weiter Himmel um uns rum

Schreibend sind wir hier"

Renate war ganz angetan von dieser Art des Schreibens. Sie mochte gern, wenn etwas im Leben eine Struktur hatte, und die war ja in dieser Form des Schreibens mehr alles andere gegeben. Ihr Haiku lautete:

Stille hier und jetzt

Einsamkeit in der Nacht hat

mich traurig gemacht.

Robert sagte zu den anderen: „Ich weiß nun nicht so genau, ob mein Haiku richtig ist. Mir fiel aber nichts anderes ein, denn ich finde, dass mein Leben hier mit euch von Stunde zu Stunde bunter wird. Da entstand dann das hier:

Farben, bunt, hell, schön,

male ich ein Bild für dich,

Worte sind Farben!"

Nun kam Giselle zum Vorlesen in die Mitte der Gruppe. Sie sagte: „Mir fiel das hier schwer. Ich hatte Probleme mit der geringen Silbenzahl gut zu formulieren. Aber ich habe ein Haiku geschrieben und das kam raus:

Regen fällt, Sturm tost,

im Haus, Wärme sich uns schenkt,

Buchstaben leben!"

Während die anderen ihre Werke vorlasen, kritzelte Antony immer noch auf seinem Zettel. Nun meinte er: „Ich hab das nicht so hingekriegt, ist ja nicht meine Art, knapp zu wirtschaften. Das war schon eine Herausforderung und ich lese es euch gleich vor, aber erwartet nicht zu viel!" Alle machten ihm Mut, denn nun wurden sie neugierig, was wohl seinem Stift entsprungen war. Er begann zu lesen:

„Macht, Ruhm, alles nichts

Rosen blühen einfach nur,

für dich, mich, alle!"

Er schaute sich schüchtern in der Gruppe um, aber als er mit dem Lesen fertig war, applaudierten alle. Er war dann schon etwas stolz. Er erlebte das Gefühl von Können und von Glück. Gleichzeitig dachte er: „Oh weh, wenn mich meine Angestellten so sehen würden." Aber in seinem Inneren spürte er auch, dass genau dieser Teil seines Lebens sich wieder mehr entfalten durfte. Nun wusste er, warum er hier war. Er war zum Schreiben hier, und um das Leben wieder neu zu lernen. Er strahlte nun über das ganze Gesicht.

Anastasia schaute ihn an und lächelte ihm zu. Leise flüsterte sie ihm zu: „Antony, hast du gerade an unsere gemeinsame Zeit gedacht? Ich freue mich, wenn du mich heute besuchst oder wenn ich dich besuchen komme." Antony sagte zu ihr: „Ja, ich habe beim Lesen deines Haikus auch an unsere gemeinsame Zeit gedacht, und ja, ich freue mich auf weitere gemeinsame Stunden. Ich bin gerade sehr gern hier!"

Diesen Satz hörte Renate und sagte zu ihm: „Mir geht es auch so. Ich bin auch gern hier und ich bin sehr überrascht, welch schöne Texte hier entstehen." Robert stand mit Giselle am Fenster und beide tranken gemütlich eine Tasse Tee und beide spürten schweigend, dass sie sich gut verstanden.

Josefine und Katharina saßen erwartungsvoll auf ihren Plätzen und genossen einfach die Ruhe, die sie umgab. Dominikus genoss diese Zeit zwischen den einzelnen Aufgaben. Wenn alle ihre Erfahrungen austauschten, sich unterhielten, dann wusste er, dass alles gut war. Er dachte sich, dass nun alle bereit waren für die nächste Aufgabe, die er sich für die Jungautoren ausgedacht hatte.

Er wollte nun gerne ausprobieren, was seinen Schülern beim Anblick eines bestimmten Bildes einfiel. Er hatte lange überlegt und dann doch ganz spontan entschieden für die kommende Aufgabe genau dieses Bild auszuwählen. Er stellte sich wie ein Professor an der Universität vor seine Schülergruppe und verkündete mit viel Stolz in seiner Stimme: „Nun kommt der nächste Teil, der nächste Schritt in das Paradies der Schreibkunst. Wir haben hier ein Bild eines bekannten Malers. Ich sage zu dem Bild noch nichts, denn ich möchte, dass ihr eure Gedanken dazu beschreibt. Was euch dazu einfällt. Ob es das Bild an sich ist, was euch inspiriert, oder der Titel oder die Farben. Das ist euch ganz alleine überlassen. Es wird eure Geschichte zu diesem Bild."

Alle waren gespannt auf das, was nun kommen sollte. Dominikus ging zu seiner Mappe, baute eine kleine Staffelei auf und stellte das Bild darauf. Alle warteten gespannt und Dominikus genoss die Stimmung, die sich im Raum ausbreitete. Zuerst legte er das Bild mit dem Rücken nach oben. Dann drehte er das Bild um. Die Schreibgruppe schaute sich das Bild an. Dominikus erklärte ihnen: „Das ist ein Bild von Vincent van Gogh. Es trägt den Titel 'A pair of shoes'.

Van Gogh lebte vom 30. März 1853 bis zum 29.Juli 1890. Er war ein niederländischer Maler und gilt als Begründer der modernen Malerei.

Dieses Bild entstand im März 1888. Mehr will ich nicht dazu sagen. Nun dürft ihr euch eure Gedanken machen. Gönnt euch, bevor ihr mit dem Schreiben beginnt, ein paar Minuten, um das Bild auf euch wirken zu lassen. Es ist nicht wichtig, dass ihr versucht, Gedanken des Künstlers zu erkennen. Das kann sowieso niemand. Mir ist wichtig, dass es eure Gedanken sind, die sich dann in euren Texten spiegeln. Lasst es euch nun gut gehen und schreibt. Ihr dürft nun schreiben, egal ob auf die Blätter oder in eure Bücher, und Antony, du darfst auch dein Tablet nehmen, wenn du es immer noch willst." Er stellte das Bild vor die Schreiber und nun konnten alle beginnen.

Robert schaute sich das Bild an. Es war ihm völlig unbekannt, doch dann wusste er sofort, welchen Titel seine Geschichte zum Bild tragen sollte: '_Ausgetretene Schuhe_'. Ja, genau das war sein Thema.

Beim Anblick dieses Bildes fiel mein Blick auf meine Schuhe, die mich seit vielen Jahren durch das Leben tragen. Sie tragen sichtbar die Zeichen des Lebens. Man erkennt die anstrengenden Phasen des Lebens in den Falten und Furchen im Leder. Die Schuhe sind durch das tägliche Nutzen weich geworden. Es waren einst gute Schuhe, doch nun sind sie ausgetreten und sehen auch nicht mehr schön aus. Ich nehme diese Schuhe als Parallele zu meinem Leben. Es war zu Beginn schön und stabil, aber nun ist es so wie es ist. Ausgetreten. Und deshalb darf ich dieses alte Paar Schuhe getrost wegstellen und mich nach neuen Schuhen umsehen. Das heißt nun konkret, ich darf nun neue Wege gehen.

Er las seinen Text noch einmal durch und wusste, dass er hierher kommen musste, um genau das zu erleben. Und wieder spürte er ein tiefes Glücksgefühl. Er wusste noch nicht genau, was ihm so gut tat. War es das Schreiben? Oder das Zusammensein mit den anderen Autoren? Er wusste auf jeden Fall, dass diese Zeit im kleinen Künstlerhaus wertvoll und auch lebensverändernd für ihn war.

Renate schaute sich im Raum um. Sie suchte nach Worten, die ihr helfen konnten, das zu beschreiben, was gerade in ihr vorging. Es sollte ja eine Geschichte werden, die die anderen hören durften, und die eventuell ihre Kinder lesen würden. Daher wollte sie ihre Wortwahl sehr überlegt treffen. Jedoch durfte die Geschichte auch ihre eigene Verletzung zeigen.

Ihre Geschichte sollte den Titel '*Die glänzenden Schuhe*' tragen.

Es war an einem Sommertag vor zwei Jahren. Ich saß mit einem Glas Eistee auf meiner Terrasse und war mit mir zufrieden. Das Haus war bezahlt und die Kinder waren fast mit den Ausbildungen fertig. Ich hatte einen Job, der mir Freude machte und einen liebevollen Ehemann, der mich verwöhnte. In diesem Augenblick wusste ich nicht, was mich bald erwarten sollte. Die Haustür ging auf und ich rief meinem Mann zu: „Liebling, ich bin auf der Terrasse. Komm zu mir, es ist ein ganz besonderer Tag!" Er antwortete: „Ich komme gleich, mein Schatz, und ja, es ist ein besonderer Tag". An seinem Wortlaut erkannte ich, dass er die Worte 'besonderer Tag' anders meinte, als ich es dachte. Er trat auf die Terrasse mit einem Glas Brandy in der Hand. Er sah sehr gut aus, besonders seine Schuhe erschienen mir sehr neu und sehr gepflegt. Mein Herz hüpfte vor Stolz, dass ich einen so schönen Mann hatte. Er setzte sich und spielte mit dem Glas in der Hand. Ich spürte, dass ihn etwas bedrückte. Und dann sagte er den Satz, der mein Leben total veränderte: „Ich werde von dir weggehen!" Ich wusste erst nicht, was er mit diesen fünf Worten meinte. Doch beim Blick in sein Gesicht wurde mir alles klar. Und mein Blick fiel auf seine glänzenden Schuhe. Ich sagte nur: „Warum? Liebst du mich nicht mehr?" Er weinte leise und auch er blickte auf seine Schuhe: „Renate, ich liebe dich immer noch, und du und die Kinder waren das Wichtigste in meinem Leben, doch nun ist etwas geschehen. Glaub mir, ich kann nicht anders handeln und es tut mir unendlich Leid, euch weh zu tun. Ich habe jemand anderen kennen und lieben gelernt. Es ist eine andere Form der Liebe." Nun schluckte er und schaute mich unendlich traurig an. Ich war so erschrocken über die Trauer in seinem Gesicht und über das, was ich gerade hatte hören müssen, und konnte ihn nur noch fragen: „Eine jüngere, hübschere Frau?" Er schüttelte den Kopf und sein Weinen wurde lauter und verzweifelter und mein Blick fiel wieder auf diese gepflegten, glänzenden Schuhe. Dann stammelte er fast unhörbar: „Einen anderen Mann." Ich weiß nicht mehr, wie ich die darauf folgenden Stunden, Tage und Wochen überstanden habe. Ja, und nun erinnere ich mich beim Anblick von schönen Herrenschuhen immer an diese Stunde an diesem schönen Sommertag vor zwei Jahren. Und dieses Bild zeigt mir nun Herrenschuhe. Aber es geht mir immer besser und jedes Wort, das ich über diesen Tag erzähle, hilft mir, den Schmerz dieser Stunde besser zu verarbeiten.

Giselle saß vor ihrem schönen Schreibbuch und dachte an ihren Mann, der nun daheim war. Sie überlegte, welchen Titel ihre Geschichte tragen sollte, während sie beobachtete, dass die anderen eifrig schrieben. Das leise Geräusch, das Antonys Tablet beim Schreiben verursachte, störte sie nicht im Geringsten. Sie fühlte sich im Raum wohl. Nur fiel ihr nichts ein. Sie betrachtete die Farben des Bildes und dann erinnerte sie sich an eine Begegnung vor einigen Jahren.

Und nun wusste sie den Titel ihrer Geschichte: '*Die Schuhe am Gartentor*'.

Vor vielen Jahren lebte in dem kleinen Dorf, in dem ich aufwuchs, ein altes Ehepaar in einem kleinen Haus. Sie hatten einen kleinen Garten, in dem immer die schönsten Blumen blühten. Der alte Mann saß oft auf der alten Holzbank unter dem Birnbaum. Im Sommer glich der kleine Garten einem kleinen Paradies. Zwischen den Blumen standen Sträucher mit Himbeeren, Stachelbeeren und sauren Johannisbeeren. Die beiden alten Leute hatten immer etwas zu tun in ihrem Garten. Man sah ihnen an, dass ihnen die Arbeit Mühe machte, aber man spürte in kurzen Gesprächen auch die Freude, die das Stückchen eigenes Land ihnen machte. Der kleine Garten und die beiden alten Menschen waren ein fester, zuverlässiger Bestandteil meines Schulweges. Wenn wir als Kinder am Haus vorbei gingen, riefen wir schon von weitem immer ganz laut: „Guten Tag! Na, wie geht es Ihnen?" Der alte Mann winkte immer fröhlich und antwortete stets: „Uns geht es sehr gut, wenn wir hier sein und arbeiten dürfen!" Manchmal gab er mir eine Blume oder ein paar von seinen Beeren. Er verabschiedete uns immer mit der Aufgabe: „Passt gut auf euch auf!" Im Herbst und im Winter war der Garten verwaist. Die alten Leute waren dann nur im Haus. Nun wurde es Frühling und auf meinem morgendlichen Schulweg hoffte ich am Mittag wieder den alten Mann zu sehen. Doch als ich nach Hause ging, war er nicht da. Und auch an den folgenden Tagen nicht. Die Blumen begannen zu blühen, doch die Bank blieb leer. Als der Birnbaum schon ganz grün belaubt war, ging ich ganz besonders langsam an dem kleinen Haus vorbei und da erblickte ich ein Paar alter, ausgedienter Schuhe vor dem Tor. Nun war ich sehr neugierig und traute mich das zu tun, was ich schon lange tun wollte. Ich öffnete das Tor, läutete an der Tür und wartete, was geschehen würde. Die Haustür wurde von einer jungen Frau geöffnet. Ich schaute sie völlig überrascht an und fragte: „Wo sind denn der alte Mann und die alte Frau, *die hier wohnen?" Die junge Frau nahm mich mit ins Haus, das sehr gemütlich eingerichtet war, und lud mich ein, mich zu setzen. Dann erzählte sie mir: „Das Haus gehörte meinem Patenonkel und seiner Frau. Beide sind im Winter gestorben und ich darf dieses Haus nun behalten, aber ich fühle mich noch sehr fremd hier. Ich habe mir heute gedacht, ich stelle die Schuhe von meinem Paten einmal vor das Tor und ich hoffte, dass es jemand bemerkt. Ich bin sehr froh, dass du zu mir gekommen bist." Ich sagte ihr, dass ich ihren Onkel zwar nicht richtig gekannt hatte, aber seinen Garten und sein Dasein sehr geschätzt hatte. Die junge Frau freute sich, mich kennengelernt zu haben, wir plauderten lange und trafen uns immer wieder und somit wurde ein altes Paar Schuhe der Beginn einer neuen Freundschaft.*

Anastasia dachte bei der Bildbetrachtung: „Endlich mal ein Thema, bei dem ich mich auskenne."

Sie wählte als Titel 'Schuhe sind Freude'. Sie hatte noch keine Erfahrung im Formulieren von Geschichten, aber sie dachte einfach daran, dass man erst Wörter finden und dann Sätze daraus machen musste und dann hatte man einen Text. Und dann fing sie an zu schreiben:

Ich liebe Schuhe. Meine Schuhe lieben mich. Ich kaufe gerne Schuhe und habe schon viele. Ich frage mich morgens, welche Schuhe mich durch den Tag begleiten wollen, und wenn ich dann vor meinem Schuhschrank stehe, gibt mir ein Paar Schuhe Antwort. Nun weiß ich, was mir der Tag bringen wird. Meistens melden sich die Pumps, dann weiß ich, dass ich in die Stadt gehen soll. Ab und zu ruft auch der Laufschuh, dann ist mir klar, dass ich etwas für meine Figur tun muss. Aber am liebsten ist mir, wenn die High Heels sich melden, denn dann ist mir klar, dass ein besonderer Mann auf mich wartet. Daher sind meine Schuhe meine Lebensbegleiter.

Katharina wusste bei dem Bild direkt, welchen Titel ihre Geschichte tragen sollte. Sie hatte das Zitat irgendwann irgendwo gelesen, das ihr in diesem Augenblick in den Sinn kam: '*Nur wer einige Meilen in meinen Schuhen gelaufen ist, kann meinen Weg beurteilen!*'

Ihr lieben Mitmenschen, ihr urteilt, bevor ihr wisst, worum es geht. Ihr klagt an, ohne zu wissen, was geschah. Ihr seht nur, was ihr sehen wollt, und hört, was ihr hören wollt. Das ist der falsche Weg. Ich bitte euch, schaut euch die Menschen an, bevor ihr urteilt. Dieses Bild mit den Schuhen erinnert mich an dieses Zitat. Denn Schuhe begleiten Menschen durch das Leben. Es gibt Spuren an ihnen, die durch steinige Wege entstanden sind. Es gibt Beulen und Dellen, die langes Tragen bezeugen. Ihr lieben Mitmenschen, ich bitte euch von Herzen, lasst das Urteilen über eure Wegbegleiter, denn jeder lebt sein Leben und läuft in seinen Schuhen. Und niemand will die Schuhe eines anderen tragen, und somit kann auch niemand das Leben eines anderen leben!

Josefine schaute sich das Bild an und dachte an ihren Kunstunterricht vor vielen Jahren. Im Grunde mochte sie van Goghs Bilder, aber dieses zu beschreiben, sah sie als Herausforderung. Nun durfte sie sich dieser Aufgabe stellen.

Ihr Titel sollte kurz und knapp sein: '*Die Schuhe!*' Und dann fiel ihr ein, was sie zu Papier bringen wollte: ein Loblied auf die Schuhe.

Meine Schuhe begleiten mich durch den Tag,

sie spüren, dass ich sie mag.

Sie tragen mich egal wohin,

bleiben bei mir, egal wo ich bin.

Sie dienen mir schon viele Jahre,

nur ein guter Schuh ist für mich das Wahre.

Meine Schuhe sind aus feinem Leder,

nur das ist gut, das weiß ja jeder.

Ich trage euch seit langer Zeit und seid ihr auch nicht ganz modern,

ich hab euch gern.

Zufrieden legte sie ihren Stift zur Seite. Es tat Josefine gut, zu spüren, dass es ihr so leicht fiel, so etwas wie ein Gedicht zu zaubern.

Antony klapperte schreibend auf den Tasten seines Tablets. Er schrieb und löschte. Er wusste nicht, wie er zu dem Bild ein paar Zeilen schreiben sollte. Er schaute sich um. Die anderen Kollegen im Zimmer waren so aktiv, sie schrieben alle so viel. Okay, Josefine hatte eben gerade auch ein Blatt zerknüllt und Robert rieb sich die ganze Zeit die Stirn. Aber das Beobachten der anderen half ihm gerade nicht.

Er schrieb den Titel '*Schuhe? Was sollen sie mir sagen?*' Als er den Titel gefunden hatte, fühlte er sich leichter. Dann schrieb er:

Heute wurde ich wegen eines Bildes mit dem Thema Schuhe konfrontiert. Ich habe mir bis heute wenig Gedanken um Schuhe gemacht. Es waren für mich immer notwendige Accessoires zum Outfit und ein Schutz vor Verletzungen für die Füße. Ich kaufe meine Schuhe immer nur in einem bestimmten Geschäft und auch nur in schwarz oder braun. Aber wenn ich nachdenke, gibt es ja doch viel mehr. Die Schuhe, die Herr van Gogh gemalt hat, sehen für meine Augen aus, als seien es Schuhe, die sehr wertvoll sind und auch schon einiges mitgemacht haben. Auch scheinen sie mir bequem zu sein. Ich denke darüber nach, mir eventuell auch einmal solche Schuhe zu kaufen.

Antony war nicht zufrieden mit seinem Text, aber das sollte ihn jetzt nicht stören. Er hoffte, dass Dominikus es ihnen freistellen würde, die Texte vorzulesen. Dann würde er einfach sagen, dass er es nicht wolle, und lieber etwas mit Anastasia flirten.

Dominikus ging durch den Raum. Er schaute Anastasia über die Schulter. Sie lächelte ihn an, denn sie wollte das Schweigen im Raum nicht stören. Robert saß ganz entspannt an seinem Platz, betrachtete noch ein bisschen das, was um ihn herum geschah, und beschäftigte sich gedanklich noch mit dem Gemälde. Er sinnierte über genau dieses Bild, stellte sich den Künstler beim Malen vor und fragte sich, ob auch Vincent Van Gogh ab und zu an sich und seiner Kunst gezweifelt hatte. Dann sagte er sich: „Wenn der Herr van Gogh sich nicht getraut hätte, seine Kunst mit anderen zu teilen, wäre die Welt ein Stückchen ärmer."

Durch diesen Gedanken gestärkt, freute er sich darauf, bald seine Geschichte mit den anderen zu teilen und er spürte in sich, dass sein Schreiben auch eine Form von Kunst war.

Katharina, Josefine, Renate und Giselle nahmen sich einen Kaffee und gingen aus dem Zimmer. Sie wollten etwas plaudern, aber die anderen Schreiber nicht stören. Draußen war das Wetter einfach nur da. Es war nicht sonnig und auch nicht feucht. Es war leicht warm, aber zum Hinsetzen wiederum zu kühl. Die vier Frauen hielten ihren Kaffee in den Händen und genossen seine Wärme und den leicht bitteren, belebenden Geschmack. Josefine sagte: „Ich erlebe hier in diesem Raum Dinge, die ich mir nie hätte träumen lassen. Ich konnte sogar ein Gedicht schreiben." Giselle meinte dazu: „Mir scheint, als würde während der Zeit hier eine dicke Staubschicht von mir abgekratzt werden und das Glänzende, was in mir ist, zum Vorschein kommen. Ich erinnere mich an wunderschöne Begegnungen aus meinem bisherigen Leben und erlebe immer wieder Augenblicke des Glücks. Ich mag es, jetzt hier mit euch zu stehen und zu reden. Ich freue mich über meine und auf eure Werke."

Renate sagte: „Ich genieße die Ruhe, bin aber noch etwas ungeduldig, erwarte immer etwas Neues. Da habe ich gerade meinen Text fertig und dann bin ich mit den Gedanken schon wieder bei der Erwartung, was noch kommt. Aber ich freue mich auch sehr, genau hier zu sein. Es gibt schon wunderschöne Fleckchen auf dieser Welt und dieses hier hält wirklich was es verspricht, ein Naturjuwel."

In diesem Augenblick öffnete Dominikus die Tür und sagte: „Jetzt geht's hier drinnen weiter! Kommt bitte, natürlich könnt ihr euren Kaffee mitbringen."

Als alle wieder an ihren Plätzen waren, sich gedehnt und gereckt hatten, fragte Dominikus seine Schüler: „Na, wie geht's euch? Was haben Van Goghs Schuhe mit euch gemacht? Was habt ihr damit gemacht? Ist das Bild für euch jetzt noch das gleiche wie vor einer halben Stunde, als ihr es zum ersten Mal gesehen habt?"

Robert sagte dazu: „Ich weiß ja nicht, wie es den anderen geht, aber in mir passiert so viel, und das in der kurzen Zeit. Ich weiß nicht, ob ich diesem Bild jemals Beachtung geschenkt hätte, aber nun ist es mir vertraut. Ich werde auch in Zukunft öfter mal ein Bild betrachten und vielleicht wieder etwas dazu schreiben. Ich freue mich jetzt total darauf, eure Texte zu hören."

Dominikus meinte dazu: „Dieser Zeitpunkt ist nun da! Ich möchte aber, dass jeder von euch den Text eines anderen vorträgt."

Ein leises Raunen erfüllte den Raum. Antony schaute völlig erschrocken und sagte zu Dominikus: „Ich befürchte, dass mein Text nicht deinen Vorstellungen entspricht." Dominikus antwortete: „Ja, das kann sein, denn ich erlaube mir keine Erwartungen und Vorstellungen gegenüber den Texten meiner Schüler. Aber sorge dich nicht - ich wiederhole mich bei jeder Aufgabe - es gibt keine Bewertung, keine Berichtigung. Es sind eure Texte und die werden nicht be- oder verurteilt." Dominikus begann die Aufgabe zu erklären, die die Schreibschüler nun erwartete:

„Ich habe mir überlegt, dass ihr nun eure Namen auf einen Zettel schreibt und sich jeder einen nimmt. Wenn euer eigener Name draufsteht, müsst ihr den Zettel tauschen. Nehmt euch den Text von dem, dessen Namen ihr auf dem Zettel findet. Dann lest den Text eures Kollegen durch, identifiziert euch mit diesen Gedanken und lest ihn vor. Wir verraten keine Namen und daher ist diese Lesestunde besonders schön. Lasst euch von dem Gefühl verzaubern, das in euch entsteht, wenn ein anderer euren Text liest und ihr eurem eigenen Text lauschen könnt. Glaubt mir, es ist etwas ganz Wertvolles."

Nun ging das große Mischen und Tauschen los. Robert bekam den Text von Josefine, die wiederum Antonys Text hatte. Renate durfte Anastasias Geschichte lesen und Antony hatte die von Giselle.

Giselle nahm Katharinas Text und schon beim Durchlesen wusste sie, dass sie diesen Worten nur zustimmen konnte. Katharina bekam Roberts Text. Anastasia war traurig, als sie den Text von Renate gelesen hatte und sie fragte sie ganz leise: „Hast du das wirklich erlebt?" Renate lächelte ein bisschen traurig und sagte: „Ja!" Da umarmte Anastasia sie still.

Als alle Texte vorgelesen waren, ließ Dominikus ihnen wieder Zeit, die besondere Atmosphäre im Raum aufzunehmen. Alle spürten einen gewissen Stolz in sich. Es war für jeden von ihnen eine besondere Erfahrung, die eigenen Worte aus dem Mund eines anderen zu hören und zu spüren, was sie in anderen Menschen auslösten. Alle spürten die besondere Kraft der gehörten Worte und verstanden, was Dominikus mit seiner Einleitung hatte sagen wollen. Allen wurde bewusst, wie sich alles zu einem großen Ganzen fügte, denn alles Geschriebene wird wertvoll, wenn es ein anderer liest und noch wertvoller wird es, wenn wieder andere dabei zuhören. Sie spürten wieder, dass sie das Tor der Schreibkunst ein Stückchen mehr geöffnet hatten, und alle genossen diese besondere Erfahrung.

Nach einigen Minuten der Stille ging die Tür zum Schreibzimmer auf und Alena und Frank kamen in den Raum. Alena sagte zur Schreibgruppe: „Ich möchte euch in einer halben Stunde im Speisezimmer zum Mittagessen einladen. Frank und ich haben was sehr Leckeres für euch gekocht." Da freuten sich alle, strahlten Alena und Frank an und bedankten sich sofort bei den beiden.

Dann trat Frank vor die Gruppe. Da er bis zu dem Zeitpunkt noch nicht aktiv am Kursprogramm beteiligt gewesen war, stellte er sich noch einmal kurz vor. Vor allem lobte er seine Fähigkeiten als Masseur und bot wieder seine Massagen an. Doch nun sagte er in einem eher geschäftlich, neutralen Tonfall:

„Sehr geehrte Herren, werte Damen, ich bin heute Mittag euer Wanderführer. Ich möchte euch zu dem Wasserfall bringen. Dort bleiben wir eine Zeit lang. Alena geht mit uns dorthin und zeigt euch eine Meditation oder so etwas Ähnliches. Wenn ihr wollt, nehmt eure Schreibsachen mit. Da ihr ja hier im Schreibseminar seid, ist es auch möglich, dass euch an diesem Ort ein literarisches Werk einfällt. Aber im Vordergrund steht das Wohlfühlen. Gönnt euch heute Mittag das, was euch gut tut. Zieht euch gute Schuhe und eine Jacke an, nehmt euch Wasser, vielleicht ein Kissen oder eine Decke und einen Apfel oder eine andere Kleinigkeit zum Essen mit, wir sind den ganzen Nachmittag draußen. Nach der Wanderung wird es dann Abendbrot geben und danach habe ich Zeit, eure vom Schreiben und Wandern verspannten Muskeln zu massieren. Und nun wünsche ich euch guten Appetit!"

Katharina freute sich auf die Wanderung, aber Franks Art mochte sie nicht so gern. Sie hörte in seinen Worten immer eine Spur von Arroganz mitschwingen. Renate wusste in dem Moment nicht, wie sie Frank einschätzen sollte. Trotz seiner etwas angeberischen Art fand sie ihn irgendwie spannend. Er sah ja auch gut aus. Sie wollte ihn erstmal während der Wanderung beobachten und dann eventuell eine Massage bei ihm buchen. Der Gedanke, dass ihr Körper wieder einmal von geschmeidigen Männerhänden berührt werden würde, gefiel ihr. Aber bis dahin war ja noch etwas Zeit. Nun gab es erstmal ein gutes Mittagessen. Ihr wurde bewusst, dass sie ziemlich hungrig war, wunderte sich aber auch, dass Schreiben so hungrig machte. Zu Hause vergaß sie das Essen öfter, wenn sie so beschäftigt war. Giselle kam zu ihr und fragte: „Geht's dir so wie mir? Hast du auch Hunger? Ich bin mal gespannt, was es Gutes gibt!"

Dann gingen die beiden zusammen mit Katharina und Robert zum Speisesaal. Anastasia und Antony nutzten die Gelegenheit, um ein paar Minuten miteinander zu reden. Anastasia flüsterte Antony ins Ohr: „Du, Antony, ich freue mich, dass du da bist. Ich habe etwas Sehnsucht nach deinen Händen und deinen Lippen. Ich erwarte ganz ungeduldig den Abend. Oder willst du vielleicht nach dem Mittagessen zu mir kommen? Dann ruhen wir gemeinsam!" Antony meinte zu ihr: „Ich könnte auch gleich zu dir kommen, denn ich habe mehr Appetit auf dich als auf Essen!" Anastasia schüttelte den Kopf und sagte zu ihm: „Nein, mein geliebter Antony, das gibt es nicht. Wir beide gehen jetzt brav zum Essen und dann jeder in sein Zimmer und dann komm ich ganz, ganz leise zu dir. Wir haben ja nicht zu viel Zeit, ich sage nur 'Wasserfall'. Wir wollen doch die anderen nicht beunruhigen." Dabei verdrehte sie ein bisschen die Augen. Jedoch hauchte sie ihm noch einen zarten Kuss auf die Wange und Antony wurde von einer Woge der Vorfreude erfasst.

Nun gingen auch sie in den Speisesaal, wo alle bereits versammelt waren. Alena stand am Buffet, um das Essen zu verteilen. Sie erklärte die Speisenfolge. Als Vorspeise gab es eine Gemüsesuppe mit Gemüse aus eigenem Anbau. Dann gab es Kartoffelbrei und Frikadellen mit Salat, den Frank eigens für die Seminargäste geerntet hatte. Zum Nachtisch wollten sie ihre Gäste mit leckerem Schokoladenpudding verwöhnen.

Alena sagte zu ihnen: „Ich möchte euch nun wieder für den Wert der Speisen sensibilisieren. Und deshalb lade ich euch ein, vor dem Essen ganz bewusst wahrzunehmen, dass jede Speise ein Geschenk ist. Genießt sie nun dankbar und vor allem achtsam."

„Okay", dachte Antony, „ich habe mir schon lange nicht mehr bewusst gemacht, dass jedes Essen von jemandem hergestellt worden ist, dass die Zutaten irgendwoher kommen, und dass es vieler Handgriffe bedarf, eine Mahlzeit auf dem Tisch zu haben." Er dankte gedanklich nicht nur Alena und Frank, sondern auch allen Frauen und Männern, die das Essen in seiner Kantine zubereiteten. Er nahm sich vor, ihnen in Zukunft mehr Anerkennung zukommen zu lassen.

Anastasia dachte: „Das ist ja wie im Kindergarten, fehlt nur noch, dass wir uns an den Händen halten! Und das Essen habe ich ja mitbezahlt!" Sie nahm sich ihre Suppe, setzte sich an den Tisch und begann zu essen. Während des Mittagessens herrschte eine sehr entspannte Atmosphäre im Speisezimmer des kleinen Künstlerhauses. Zwischendurch lobte immer wieder jemand das gute Essen. Ihren Durst stillten sie alle mit dem frischen Quellwasser, das kühl und frisch zu Verfügung stand. Nach dem köstlichen Nachtisch waren alle satt und zufrieden und auch etwas müde und freuten sich auf die kleine Mittagsruhe, die nun anstand.

Giselle wollte sich in ihrem Engelszimmer etwas ausruhen und mit ihrem Mann telefonieren. Katharina sagte, dass sie auch eine kleine Auszeit brauche. Robert und Renate blieben zusammen im Speisezimmer, um einfach miteinander zu reden. Frank, Alena und Dominikus kümmerten sich um das Geschirr und räumten die kleine Küche auf. Anastasia und Antony gingen zusammen in Antonys Zimmer. Anastasia war völlig überrascht von dem blauen Zimmer. Ihr wurden die Klarheit und die Harmonie dieser Farbe bewusst. Antony legte sich mit seinen Kleidern auf das Bett. Anastasia legte sich einfach dazu. Sie kuschelte sich an ihn und atmete seinen herben, männlichen Duft ein, den sie so sehr mochte. Sie flüsterte ihm ins Ohr: „Oh Antony, ich mag dich und ich will dich spüren. Mit allen Sinnen." Antony schnurrte genüsslich und öffnete die oberen Knöpfe seines Hemds. Anastasia schmiegte sich an ihn und ließ ihre Hand über seinen Bauch gleiten. Antony tat es ihr gleich, jedoch führte er seine Hände unter den Pulli von Anastasia. Er öffnete ihren zarten, roten Spitzen-BH. Ihm wurde schwindelig vor Lust. Es war für ihn unfassbar, wie gut ihm Anastasia gefiel. Er dachte sogar daran, dass er mit Anastasia vielleicht eine längere, gemeinsame Zeit zusammen sein wollte, doch das konnte und wollte er jetzt nicht entscheiden. Nun wollte er die Lust genießen, die Anastasia ihm bereitete.

Er forderte sie mit heiser Stimme auf, ihn zu verwöhnen. Anastasia wusste, was er damit meinte. Sie öffnete seine Hose und gab ihm all das, was er wollte. Sie streichelte ihn an allen Stellen, die er liebte. Beide gaben sich ihrer Lust hin und genossen ihr Zusammensein. Bis die Mittagspause vorbei war.

Draußen trafen sich inzwischen schon alle Kursteilnehmer zu der geplanten Wanderung. Alle hatten festes Schuhwerk an und trugen Jacken, die auch vor Regen schützen konnten. Renate freute sich sehr auf den Wasserfall. Sie liebte Wasser in jeder Form. Josefine trug ihre liebsten Wanderschuhe, die ihr Trittsicherheit versprachen. Alle waren zur Wanderung bereit, als Antony und Anastasia gemütlich Hand in Hand den Weg entlang spaziert kamen. Anastasia trug ihre schicken Sneakers, denn die waren die einzigen Schuhe, die annähernd naturtauglich waren. Frank sagte zu ihnen: „Na, ihr zwei, hattet ihr eine schöne Mittagspause?" Die beiden schauten sich erst gegenseitig an und lächelten dann Frank zu. Da wusste er, dass die beiden eine schöne Zeit zusammen gehabt hatten.

Sie marschierten in großer Freude in Richtung des Wasserfalls. Es ging ein Stückchen durch den Wald und dann führte ein ganz schmaler Pfad entlang des kleinen Bachs in Richtung Wasserfall. Die Wanderer mussten dem Pfad ihre ganze Achtsamkeit schenken. Wurzeln ragten aus dem etwas ausgetretenen Pfad, kleine und größere Steine lagen im Weg. Robert erinnerte sich an das meditative Gehen und spürte, dass er den Stein der Morgenmeditation in seiner Tasche hatte. Für ihn hatte alles eine Bestimmung und alles fügte sich in Gedanken zueinander. Er fühlte sich einfach wohl auf diesem Weg und mit den anderen in der Gruppe und mit all dem, was er tat und erlebte.

Giselle ging den Weg sehr vorsichtig. Sie wanderte eigentlich sehr selten, spürte aber, dass es ihr Spaß machte. Sie ging ganz ruhig neben Robert her. Er schien so zufrieden und strahlte eine wunderbare Ruhe aus. Sie mochte ihn und freute sich, diesen Weg neben ihm gehen zu dürfen.

Katharina ging mit großen Schritten. Das war ihre persönliche Gangart. Diese weiten Schritte nahmen ihr allerdings etwas Eleganz. Aber sie störte das wenig. Durch ihr schnelles Gehen war sie meist ein paar Meter vor der restlichen Gruppe. Sie liebte den Weg am Wasser. Alles, was mit Wasser zu tun hatte, tat ihr gut. Sie beobachtete den Bach und fragte sich, wie viele Menschen diesem Weg schon gefolgt waren. In Gedanken versunken dankte sie der Natur für diesen schönen Weg. Ihr schien gerade alles vollkommen und von ihrer Krankheit spürte sie nur ganz wenig.

Frank führte die Gruppe mit wertvollen Informationen den Weg entlang. Er nannte die Namen der Bäume, zeigte seinen Wegbegleitern Heilpflanzen und erklärte deren Wirkung. Wenn man Vogelstimmen vernahm, nannte er die Namen der Vögel. Frank liebte diesen Weg und diese Liebe gab er an die Gruppe weiter und alle waren zufrieden. Renate ging die ganze Zeit neben ihm her. Sie fragte sich, warum dieser Mann, der so belesen und naturverbunden war, vorher so arrogant gewirkt hatte. Vielleicht war er ja auch schüchtern und seine arrogante Art war sein persönlicher Schutz vor Verletzungen durch andere Menschen. Das würde sie noch rausfinden, nahm sie sich nun vor.

Sie fragte ihn: „Du, Frank, dir scheint diese Umgebung sehr gut zu tun!" Frank nickte nur und ging stumm weiter und dachte sich: „Was ist denn mit mir los? Warum fällt es mir schwer, mit Renate zu reden? Sie ist ja sehr nett." Dann atmete er tief durch und sagte zu Renate: „Ich bin hier aufgewachsen und das hier ist mein heimatlicher Wald. Ich kenne ihn wie meine Westentasche. Ich liebe genau diesen Weg. Er führt mich zu meinem wertvollsten Ort!" Renate hörte ihm gern zu und fragte dann: „Und diesen wunderbaren Ort zeigst du vielen Leuten?" Frank schüttelte den Kopf und sagte zu ihr: „Um Himmels willen, nein, ich geh den

Weg nur mit Gruppen von Menschen, die mir sympathisch sind. Weißt du, als Dominikus das kleine Naturjuwel baute, mochte ich ihn erst gar nicht gern, aber da ich zu dieser Zeit keinen Job hatte, der mich ausfüllte, fragte ich ihn, ob ich für ihn arbeiten dürfe. Dem Herrn Künstler war es sehr recht, dass er sich nicht um so profane Dinge wie Rasenmähen, Gartenarbeit usw. kümmern musste. Und seit hier immer mehr Seminare stattfinden, werden meine Aufgaben immer umfangreicher. Ich konnte hier einziehen, ins Zimmer am Rande der Gästezimmer und mache nun alles, was des Dichters Hände nicht machen wollen oder können!" Dabei lachte er Dominikus freundschaftlich zu. „Alena lehrte mich kochen und die Kunst der Massage und jetzt sind wir drei ein tolles Team. Wir sind nicht reich, aber vollkommen zufrieden. Oder kennst du einen Job, bei dem man fürs Wandern und Plaudern bezahlt wird?"

Renate hörte ihm gespannt zu. Nach ein paar Minuten traute sie sich zu fragen: „Du, Frank, ich würde heute Abend sehr gern eine Massage bei dir buchen. Ich glaube, du kannst das gut, und ich glaube, du tust mir auch gut. Wann darf ich zu dir kommen?"

Frank meinte: „Klar darfst du das. Nach dem Abendessen hast du den ersten Termin. Und ich kann dir eine wunderbare Massage geben. Meist dauert es eine Stunde." Er setzte wieder dieses gewisse Lächeln auf, das Renate auf eine sinnliche Stunde hoffen ließ.

Frank erinnerte sich plötzlich daran, dass er gerade die Aufgabe des Wanderführers hatte und ging einige Schritte etwas schneller, um die Gruppe zusammen zu führen. Er mochte es nicht, in der Natur laut zu rufen, und daher hielt er einfach eine Hand nach oben und wie von Zauberhand geführt, blieben alle stehen. Frank erklärte ihnen: „Wenn ihr jetzt ganz still seid, könnt ihr den Wasserfall schon hören. Er schickt seine wundervolle Energie voraus. Es dauert noch etwa fünf Minuten bis wir dort sind. Ich lade euch ein, diese fünf Minuten schweigend zu gehen. Schenkt dem Weg und den Geräuschen um euch herum alle Achtsamkeit. Ihr werdet euch reich entlohnt fühlen."

Giselle und Katharina gingen schon die ganze Zeit nebeneinander her und hatten sich die ganze Zeit unterhalten. Nun legten sie den Zeigefinger auf die geschlossenen Lippen und deuteten somit Schweigen an und lächelten sich zu. Diese Geste bemerkten auch Josefine und Robert und bestätigten sie mit der gleichen Geste. Renate war still und ging mit einem entspannten Gesichtsausdruck weiter. Nur Antony und Anastasia fiel das Schweigen schwer, daher warteten sie etwas, bis alle aus der Gruppe etwas weiter vorgegangen waren. Doch nach einigen Metern wurde auch Anastasia still. Nun war es in der Gruppe ganz ruhig. Sie waren umgeben von Naturgeräuschen wie Vogelgesang, dem Flüstern des Windes in den hellgrünen Blättern der Bäume, dem Geplätscher des Bachs am Wegesrand und dem immer lauter werdenden Getöse des Wasserfalls. Und plötzlich standen sie vor ihm, dem Wasserfall. Es war faszinierend, wie energievoll das Wasser den Berg hinunter stürzte. Der Fels war an manchen Stellen ganz glatt poliert und an anderen Stellen leicht bemoost. Manche Felsvorsprünge ließen das Wasser in alle Richtungen spritzen, sodass die Luft mit leichtem Nebel gefüllt war.

Alle standen staunend vor diesem Wunder der Natur. Alena stellte sich vor die Gruppe und sagte zu ihnen: „Nehmt all die Energie auf, die euch dieser Ort schenkt. Atmet tief ein und gönnt euch diese Zeit hier. Es ist eure Zeit und jeden Augenblick kann man nur einmal erleben. Daher nehmt alles an Energie auf, was für euch möglich ist. Sie wird euch immer in Erinnerung bleiben.

Damit euer Gehirn sich daran auch einmal in einer stressigen Lebenssituation erinnert, möchte ich euch einen kleinen Trick verraten. Stellt euch gerade hin, formt aus dem Zeigefinger und dem Daumen der linken Hand einen Kreis und haltet diese Geste für einige Minuten, in denen ihr euch diesen Anblick hier schenkt. Wenn ihr nun im weiteren Leben diese Geste ausführt, wird sich ganz schnell die Erinnerung an diesen kostbaren Moment bemerkbar machen und eure Gedanken führen euch hierher zurück."

Alle standen nun an diesem wundervollen Ort und hielten ihre Finger zu einem Kreis geformt. Fast alle konnten den Augenblick genießen. Antony tat sich schwer damit. Er nahm lieber sein Handy und fotografierte den Wasserfall. Er vertraute der Technik etwas mehr als gefühlvollen Gesten. Da er niemanden störte, war auch das eine Möglichkeit, diesen wertvollen Augenblick aufzunehmen und für die Zukunft zu bewahren.

Dominikus stellte sich auf einen Stein und sprach seine Gruppe an: „Ihr seid nun von der Schönheit der Natur begeistert und ihr seid mit mir zum Schreiben verabredet und daher möchte ich mit euch etwas Schönes machen. Ich möchte mit euch zusammen der Natur etwas Besonderes zurückgeben. Ich möchte gern mit euch ein Gebet verfassen." In der Gruppe vernahm er ein leises Stöhnen. Dominikus nahm es wahr und sagte dann: „Ich weiß nicht, wie ihr Gott gegenüber steht. Das ist gerade auch nicht wichtig, aber ich spüre, dass euch dieser Ort gut tut. Ich wünsche mir und euch, dass jeder einen oder zwei Sätze verfasst, in denen ihr all dem dankt, was euch gerade einfällt. Und ihr dürft auch um etwas bitten. Ich habe es mir so vorgestellt, dass jeder dann einfach nacheinander seinen Vers vorliest. Lasst euch nun inspirieren und schreibt das auf, was euren Gedanken geschenkt wird." Er verteilte denen, die nichts zum Schreiben dabei hatten, Karteikarten und Bleistifte.

Sie standen nun alle in der Nähe des Wasserfalls und suchten Worte, die das beschreiben sollten, was sie fühlten. Giselle dachte sich: „Es gibt keine Worte für das, was ich gerade erlebe." Doch dann besann sie sich und überlegte. Sie schrieb, strich weg, radierte und schrieb neu. Sie beobachtete die anderen, ihnen schien es nicht anders zu ergehen. Staunend, aber nicht schreibend, standen sie zusammen. Robert ging ein Stück von der Gruppe weg, Giselle glaubte Tränen in seinen Augen zu sehen. Es war schon ein Erlebnis, was dieser Ort mit den Menschen machte. Josefine ging hin und her und irgendwann lehnte sie sich auch an einen Baum und schrieb. Antony malte etwas auf seiner Karte. Anastasia und Renate saßen auf dem Baumstumpf und formten Worte zu Texten und Katharina schien schon fertig zu sein. Sie blickte einfach ganz still auf das Wasser. Sie hielt beide Hände nach oben geöffnet wie eine Schale und es schien, als nähme sie eine ganz besondere Kraft in sich auf, die ihr sehr gut tat.

Dominikus, Frank und Alena hatten sich ein Stück von der Gruppe entfernt, um die Menschen in ihrer neuen Andachtserfahrung nicht zu stören. Dominikus liebte diese Momente, in denen seine Schüler ihre tiefsten Gedanken in Worte zu fassen versuchten. Er wusste, dass es ihnen gelingen würde, ein Gebet zu verfassen, denn wenn die Seele die Schreibvorlagen an einem solchen Ort vorgab, konnte nur Gutes entstehen. Er ging nun wieder zu ihnen und sprach: „Ich möchte gern, dass ihr euch in einen Kreis stellt und dann ganz langsam, ohne Zwischengespräche, eure Gebete und Danksagungen vortragt. Gönnt euch so viel Zeit, wie ihr für notwendig haltet. Und wenn ihr so weit seid, werdet ihr es spüren." Dann setzte er sich wieder auf den kleinen Felsvorsprung, der ihm einen schönen Blick auf den Wasserfall ermöglichte. Die Sonne schickte wärmende Strahlen auf die kleine Menschengruppe, die sich im Kreis aufstellte. Als alle ihren Platz gefunden hatten, begann Antony zu sprechen: „Ich habe den Wasserfall gemalt und als Wort nur *Danke* geschrieben. Ich fand keine Worte, um das zu sagen, was ich empfinde und würde gern mein Bild als Eröffnung unseres Psalms nehmen." Er hielt sein Bild hoch. Es war sehr schön. Es zeigte den Wasserfall, darüber den Himmel und einen Vogel, der das Wort *Danke* sang. Alle waren einverstanden.

Robert eröffnete das Gebet: *„Ich danke dir, lieber Berg. Du hast mir meine Grenzen gezeigt. Durch deine Steile und Höhe. Und dann hast du mich mit dem unendlich schönen Wasserfall entlohnt. Ich bitte Gott, lass mich mich immer an diese Erfahrung erinnern. Und ich bitte darum, dass ich immer weiß, dass es sich lohnt, sich anzustrengen und auch ab und zu Grenzerfahrungen zu machen!"*

Josefine trat einen Schritt vor und sprach: *„Liebes Moos, du trägst mich so weich, dass mir das Gehen große Freude bereitet, und dein Grün gibt Hoffnung und Ruhe. Danke dafür!"*

Katharina schloss sich ihr an: *„Ich danke dem Schöpfer, dass er uns hier zusammengeführt hat und es uns erlaubt, diese Schönheit hier genießen zu dürfen."*

Renate betete: *„Ich danke dem Baum, den ich eben umarmt habe, als ich nicht wusste, was ich schreiben soll. Er flüsterte mir zu: 'Vertraue auf deine Kraft, du schaffst alles, und wenn du mal schwach bist, komme zu einem Baum. Der teilt dann seine Kraft mit dir!'"*

Dann war Giselle an der Reihe. Sie sprach mit kräftiger Stimme: *„Ich danke der Natur und dem oder denen, die sie erschaffen haben, für die*

Schönheit. Ich habe eben gespürt, was wirklich schön ist, und das ist das, was kein Mensch gestalten kann. Und ich bitte um die Weisheit, diese wahre Schönheit immer schätzen zu können."

Anastasia durfte den Reigen nun beenden und tat es mit folgenden Worten: *„Ich bin so dankbar für das Wasser. Es ist so mächtig und so wertvoll. Ich erlebe gerade, dass es unendlich wertvoll ist. Danke dafür. Und ich bitte, dass ich diesen Wert auch in Zukunft nicht vergessen werde."*

Dominikus nahm Anastasias Hand und bat alle, sich an den Händen zu fassen. Dann sagte er nur: *„Amen!"*

Ganz ruhig löste sich der Kreis auf. Giselle ging zu Dominikus und fragte ihn: „Sollen wir unseren Psalm heute Abend richtig schön auf schöne Blätter schreiben und dann kopieren, sodass ihn jeder mit Antonys Bild mit nach Hause nehmen kann?" Dominikus fand, dass das eine sehr gute Idee war. Und dann formten sie alle noch einmal Daumen und Zeigefinger zu einem Ring und verabschiedeten sich von diesem Ort.

Der Mittag neigte sich langsam dem Ende zu und der Tag begann, sich mit einem Sonnenuntergang zu verabschieden. Die Autorengruppe ging nun den Weg zurück zum kleinen Künstlerhaus. Dort hatten alle noch etwas Freizeit, bevor Alena und Frank das Abendbrot servieren wollten.

Renate genoss diese Zeit in ihrem Rosenzimmer. Nach dem abendlichen Meditationstreffen wollte sie sich gern von Frank massieren lassen. Vorher wollte sie duschen und sich etwas hübsch herrichten. Als sie dann vor dem großen Spiegel im Badezimmer stand, fühlte sie sich schön. Sie fand, dass ihre Figur trotz oder vielleicht auch wegen ein paar Rundungen ansehnlich war. Und sie freute sich auf die Massage, von der sie sich eine besondere Wellnessmassage erhoffte. Sie vertraute ihren Körper Frank an, denn sie fühlte, dass er schon wissen würde, was sie brauchte, und sie freute sich auf die Berührungen.

Katharina war nur kurz in ihrem Zimmer. Das frische Orange tat ihr gut. Sie wollte aber gerade nicht allein sein und daher hatte sie sich mit Giselle zu einem kleinen Plausch verabredet. Katharina fand Giselle sehr schön, elegant und so überaus freundlich. Sie freute sich sehr darauf, mit ihr zu reden.

Josefine gönnte sich ein paar Minuten Auszeit auf ihrem Bett und genoss die Zeit der Erholung und Stille. Sie wunderte sich darüber, dass sie gar kein Heimweh verspürte. Es tat ihr einfach gut, einmal nur für sich selber da zu sein und sich mit ihren Gedanken beschäftigen zu können.

Robert wollte seine Texte noch einmal lesen und wieder nachdenken. Nachdenken war im kleinen Künstlerhaus gerade seine Lieblingsbeschäftigung. Er fand seinen neuen, gerade beginnenden Weg sehr spannend und das Neue, was er in Zukunft erleben wollte, brauchte gute Vorbereitung. Gerade dachte er darüber nach, wie seine Frau darüber denken würde, denn er liebte sie sehr und wollte sie auf diesem neuen Lebensabschnitt so gern an seiner Seite haben. Jedoch würde sich für seine Frau auch einiges ändern. Aber Robert war sich sicher, dass er nach den Tagen im kleinen Künstlerhaus genug Kraft gesammelt haben würde, damit beide den neuen Weg schaffen würden.

Antony ging in seinem Zimmer auf und ab. Ständig fragte er sich, was mit ihm geschah. Er dachte an sein Bild vom Wasserfall mit dem Vogel. Er hatte wieder etwas gezeichnet. Das erschien ihm vor einiger Zeit noch absolut unvorstellbar. Genauso wie mit einem Bleistift zu schreiben. Oder dass ihm Wasser so gut schmeckte. Und dann Anastasia. Ja, sie war schon eine besondere Frau, die gern Männer mochte. Die anderen Frauen fand er aber auch sehr nett, sie waren so bodenständig und sehr bescheiden. Ihm war, als lerne er hier ganz neue Freunde und eine andere Art des Lebens kennen. Diese Art des Lebens war für ihn zwar auch nicht ganz unbekannt, doch sein derzeitiges Leben hatte alles, was er in seiner Jugend erlebt hatte, überschüttet. Es hatten sich andere Dinge in den Vordergrund geschoben. Doch genau das durfte er nun verändern, und dann spürte er Dankbarkeit für die, die ihm diese Möglichkeit der Erkenntnis geschenkt hatten. Er nahm sein Tablet, öffnete sein E-Mail-Fach und schrieb seinen Kollegen: „Ich möchte mich bei euch bedanken, dass ihr mich in dieses kleine Künstlerhaus geschickt habt. Ich erlebe eine wundervolle Zeit und vermisse nichts. Ganz im Gegenteil, ich bekomme so viel geschenkt. Könnt ihr euch vorstellen, wie frisches, klares Quellwasser schmeckt oder wie toll es sich anfühlt, wenn man mit Bleistift auf Papier schreibt? Ich war spazieren und habe gemalt, und ja, bevor ihr euch diese Frage stellt, es ist auch eine schöne Frau hier, die mich schon etwas verführt hat. Ich habe das Gefühl, hier neue Freunde gefunden zu haben. Ich telefoniere nicht, und das hier ist auch die einzige Mail, die ich geschrieben habe. Ihr werdet einen neuen Antony treffen, wenn ich zurückkomme. Nun lasst es euch gut gehen, ich mache das auch, denn jetzt gibt es Abendbrot." Er drückte den Sendeknopf und war zufrieden. Erstens, weil er seinen Mitarbeitern eine nette Mail geschrieben hatte, und zweitens, weil gerade zum richtigen Zeitpunkt die Internetverbindung stark genug zum Senden dieser Mail war. Er zog sich ein frisches Hemd an, gab noch etwas Parfüm an seine Schläfen und ging dann beschwingt zum Speiseraum, wo die anderen schon auf ihn warteten.

Er kam in den Raum und ihm war, als erlebe er das Gefühl des Heimkommens. Es war toll, nett und freundlich empfangen zu werden, und zwar von allen. Anastasia schien etwas missmutig, daher ging er gleich zu ihr, setzte sich neben sie und fragte: „Was ist los?" Sie sagte nur: „Ich weiß nicht warum, aber ich bin etwas gelangweilt!" Antony schluckte einen Moment und fragte dann: „Was? Du fühlst dich gelangweilt? Wie das denn? Wir erleben doch so viel Schönes?" Anastasia quengelte: „Ich gehe nicht gern spazieren, ich brauche Kultur und will shoppen oder ausgehen, aber hier ist ja nichts!" Antony sagte zu ihr: „Und ich? Bin ich nichts?" „Ja, schon, aber….", jammerte sie, „wir sind zu wenig alleine!" Antony setzte sich hin und verstand Anastasia nicht. Er wollte jetzt erst essen und dann vielleicht wieder mit ihr reden, aber in seinem Innern spürte er, dass Anastasia wohl doch nicht das Richtige für sich getan hatte, als sie sich hier angemeldet hatte. Dann kam Giselle zum Tisch und fragte, ob sie sich dazu setzen dürfe. Dieser Bitte gab er gerne nach, in der Hoffnung auf ein nettes Gespräch. Anastasia schmollte ja und er wollte sich seine wertvolle Zeit jetzt nicht verderben lassen. Giselle strahlte die beiden an und fragte: „Na ihr zwei, geht es euch auch so gut wie mir? Ich spüre noch immer diese Kraft des Wasserfalls in allen meinen Zellen. Ich fand das so wunderbar! Und Antony, ich bin vollkommen fasziniert von deinem Bild. Seit wann zeichnest du?" Antony sagte: „Für mich war das alles so neu, ich gehe fast nie in die Natur, ich erledige alles in der Stadt. Ab und zu gehe ich in einen Park, aber das, was ich heute erlebt habe, ist einfach nur toll. Ich habe das letzte Mal im Gymnasium gemalt oder gezeichnet und ich habe das nur getan, weil ich nichts schreiben konnte!" Giselle erwiderte: „Das solltest du öfter machen. Man weiß nie, was man kann, bis man es probiert. Und du kannst zeichnen, definitiv. Und wie geht's dir, Anastasia?" Diese antwortete nur: „Mir tun die Füße weh und mich langweilt diese Idylle. Ich brauche Bars und Geschäfte, um Leben zu spüren!" Giselle schaute sie völlig überrascht an und fragte: „Warum bist du denn dann hierher gekommen? Und ich finde, du schreibst schöne Texte. Ich kann dich gerade nicht verstehen."

Anastasia antwortete: „Das war auch eine Entscheidung, die ich aus Langeweile getroffen hatte." Sie seufzte tief und guckte traurig, dann klagte sie: „Und ich will jetzt etwas anderes essen als dieses Brot und Tomaten. Und ich will wieder Champagner trinken!" Giselle und Antony schauten sich ratlos an. In diesem Moment setzte sich Josefine dazu und beteiligte sich am Gespräch: „Anastasia, dir ist wohl oft langweilig. Hast du schon einmal darüber nachgedacht, was gerade dieses Wort bedeutet? Langeweile. Es enthält die Wörter 'lang' und 'Weile' und man kann es auch mit 'viel Zeit' übersetzen. Bedenke mal, welchen Luxus du hast, wenn du viel Zeit hast! Viel Zeit zum Leben!! Glaubst du nicht, dass es für viele Menschen mehr als wünschenswert wäre, Zeit übrig zu haben? Und du klagst darüber? Ich nehme an, du darfst dich durch Nachdenken daran erinnern, wie gut es dir geht. Und damit hast du genug zu tun, also gibt es keine Langeweile mehr. Schade, dass du glaubst, dass nur Bars und Geschäfte zu deiner Erbauung dienen. Öffne dich für Neues und davon gibt es hier so unendlich viel. So, und jetzt wünsche ich euch und mir guten Appetit." Sie holte Luft und sagte dann: „Das war die längste Rede meines Lebens!" Anastasia schaute Josefine an und ihre Augen füllten sich mit Tränen. Josefine sagte zu ihr: „Ich wollte dich nicht traurig machen, aber ich wollte dich aufwecken und dir helfen, deine Zeit hier richtig zu nutzen und sie so zu genießen wie wir alle." Dann umarmte sie sie und sagte: „Und jetzt wird gegessen. Alles wird gut. Glaub mir und meiner Lebenserfahrung."

Dominikus kam in das Speisezimmer und Katharina fühlte wieder diese gewisse Aura, die ihn umgab. Immer wenn Dominikus in den Raum kam, spürte sie eine besondere Wärme. Sie war sich sicher, dass sie nicht in ihn verliebt war, aber sie fühlte sich mit ihm durch eine besondere Art verbunden. Sie hörte ihm so gern zu, wenn er redete. Er bewegte sich so sanft und strahlte so viel Ruhe aus. Katharina dachte wieder: „So stelle ich mir Engel vor. Vielleicht ist er ja ein Engel, der aus irgendwelchen Gründen zur Erde geschickt wurde!" Dann spürte sie, dass Giselle sie am Arm berührte und zu ihr sagte: „Du wirst vor lauter Träumen noch das Essen vergessen, Katharina. Ich gäbe weiß Gott was, um deine Gedanken zu kennen. Du strahlst ja richtig!" Katharina flüsterte ihr zu: „Vielleicht erzähle ich es dir später." Giselle nickte nur und schob Katharina zum Buffet.

Als sich alle mit Abendessen versorgt hatten, sprach Dominikus zu ihnen: „Lasst uns wieder gemeinsam für unser Essen danken. Ich möchte euch einladen, kurz vor der Mahlzeit innezuhalten, kurz zu überlegen, was das Essen für euch bedeutet, und dann voller Freude zu speisen." Robert stand auf und sagte: „Ich habe gerade daran gedacht, dass meine Oma immer vor dem Essen mit uns gebetet hat, und ich glaube, dass das Essen dann besonders gut geschmeckt hat. Wenn ihr damit einverstanden seid, würde ich gern ein Tischgebet sprechen." Die anderen nickten ihm zu, denn eigentlich konnten sie nicht mehr beten. Robert begann und bevor er betete, atmete er tief ein und aus, faltete seine Hände und sprach dann mit kräftiger, warmer Stimme: „Guter

Gott, du hast uns hier zusammengeführt, um leben zu lernen. Wir kamen zusammen und waren alle sehr unterschiedlich, doch es gibt eine Verbindung zwischen uns. Ich bin dankbar, dass wir hier zusammen sitzen und gleich das köstliche Brot essen dürfen, das jemand für uns gebacken hat. Diese Kraft, die in dem Brot steckt, dient uns zur Stärkung. Ich danke für das köstliche, frische Wasser, das wir trinken dürfen. Es dient uns zur Erfrischung. Ich bitte dich nun, unsere Mahlzeit zu segnen und jeden an diesem Tisch den wahren Wert des Essens verstehen zu lassen. Und nun wünsche ich uns allen Guten Appetit." Im Raum herrschte absolute Stille und dann antworteten alle ohne Zögern: „Amen!"

Alle begannen mit dem Essen und an jedem Platz wurde leise miteinander gesprochen. Alle waren zufrieden und ließen sich das Essen schmecken.

Nach dem Abendbrot meldete sich Alena zu Wort und lud die Autorengruppe in das Wellnesszimmer zur Abendstunde ein. Sie erinnerte alle noch daran, ihre Steine mitzubringen.

Im Wellnesszimmer setzten sich alle auf ihre Matten und unterhielten sich miteinander. Josefine legte sich auf ihre Matte und legte sich ein Kissen unter den Kopf. Sie sagte: „So bleibe ich jetzt liegen. Ich bin so müde und entspannt und gut gesättigt, sodass mir gar nichts fehlt!" Giselle saß im perfekten Schneidersitz und meinte: „Zufrieden bin ich auch und entspannt und ich freue mich auf das, was Alena gleich mit uns teilt." Renate, Robert und Antony kamen nun auch zu ihren Matten und machten es sich bequem. Nur Anastasia fehlte in der Runde. Alena fragte Antony, ob er wisse, wo sie sei. Jedoch wusste er es auch nicht.

Dann erhob sich Josefine und sagte zu Alena: „Ich würde sie gern suchen, ich hatte ihr eben etwas ins Gewissen geredet und habe nun etwas Angst, dass sie traurig in ihrem Zimmer ist." Alena sagte: „Ich komme mit dir. Dann reden wir gemeinsam mit ihr. Sie scheint ein Problem zu haben und es ist eine meiner Aufgaben, solche Situationen zu erkennen und den Menschen zu helfen, schwierige Lebensphasen zu meistern. Ihr anderen bleibt hier, ich mache euch schöne Musik an. Ihr könnt ja schon mal mit dem Entspannen anfangen!" Sie blinzelte ihnen freundschaftlich zu und dann ging sie mit Josefine, um Anastasia zu suchen.

Anastasia saß draußen vor der Tür auf einem Stein. Sie hatte einen warmen Poncho um sich geschlungen und an ihrer Haltung erkannten Josefine und Alena, dass sie traurig war. Sie weinte. Nun wusste Alena noch nicht, warum sie weinte. War es Trauer? Oder Wut? Oder Unverständnis? Josefine sagte zu Alena: „Oh je, sie weint und ich bin bestimmt schuld daran." Alena sagte zu ihr: „Selbst wenn du ihr manche Sachen gesagt hast, die sie nicht hören wollte, bist du nicht schuld an ihrer Traurigkeit. Im Gegenteil, du hast ihr geholfen, etwas zu erkennen, was ihr noch nicht klar war. Und wir kriegen das wieder hin. Wenn Anastasia es will, wird sie bald wieder lachen können und ein kleines Stückchen glücklicher sein. Lass es uns behutsam versuchen."

Sie gingen zu ihr hin. Josefine legte sanft ihren Arm um Anastasia und sagte nur: „Es tut mir so leid, dass du traurig bist. Kann ich etwas für dich tun?" Anastasia knurrte sie an: „Lass mich!" Alena kam dazu und sagte zu ihr: „Anastasia, Josefine ist für dein Problem nicht verantwortlich. Ich bin gekommen, um dich einzuladen, mit uns die Abendstunde zu genießen. Ich habe es mir zur Aufgabe gemacht, in den Kursen den

Menschen zu helfen, das Leben schön zu finden. Du bist hierher gekommen und auch das hat seinen Sinn. Vielleicht hast du noch nicht verstanden, was hier im kleinen Künstlerhaus geschieht, aber auch das ist völlig in Ordnung. Ich will dir helfen, es herauszufinden. Bitte erzähle mir oder uns, was dich bedrückt. Du kannst sicher sein, dass dich niemand verachtet oder bewertet. Alle Menschen haben Sorgen. Alle leben ihr Leben und jeder lebt sein Leben auf seine Art. Und alle haben Aufgaben und glauben, immer etwas tun zu müssen. Aber ich denke, wie andere berühmte Menschen auch, dass das Einzige, was Menschen sein müssen, glücklich zu sein ist. Und genau dabei will ich dir helfen."

Anastasia schniefte noch ein wenig und sagte zu Alena: „Ach, gib es doch zu, du verachtest doch Frauen wie mich!" Alena fragte: „Was meinst du mit 'Frauen wie mich'?" Anastasia sagte mit tränenerstickter Stimme: „Na, so wie ich halt bin!" „Wie bist du denn?" fragte Alena. „Ich bin doch so oberflächlich, lege nur Wert auf Äußeres, gebe mich wildfremden Männern hin, trinke lieber Champagner als Wasser und übersehe Werte, die man nicht kaufen kann!" „Und wer sagt das?" fragte Alena nun. „Ich kenne dich doch gar nicht. Natürlich sehe ich, dass du sehr schick angezogen und gut geschminkt bist. Ich habe auch beim Essen gehört, dass du anderes Essen gewohnt bist, aber ich würde dich nie als oberflächlich bezeichnen!" Josefine sagte: „Ich glaube, dieses Wort habe ich gebraucht in meiner Rede zum Thema Langeweile. Tut mir leid. Weißt du, ich fand es einfach ungerecht, an diesem wunderbaren Ort von Langeweile zu reden!" Während Tränen über ihr Gesicht liefen, sagte Anastasia: „Das schlimme ist, dass es stimmt. Deswegen bin ich ja traurig und wütend, dass du es mir gesagt hast, und dann wieder froh, dass ich es nun so spüre… Ach, ich weiß gar nichts mehr. Lasst mich einfach in Ruhe. Ich fahre einfach nach Hause. Da kann ich oberflächlich und sexy sein, ohne dass jemand versucht, etwas daran zu ändern. Ich bin halt so." Alena sagte zu ihr: „Du bist hier genauso willkommen wie alle anderen. Ich will nicht, dass du so nach Hause fährst. Komm bitte mit zur Abendstunde und danach reden wir noch, wenn du es willst. Und übrigens, du hast hier einen so schönen Poncho an. Den würde ich nie finden, denn ich mag Geschäfte nicht so gern. Somit hast du etwas, was ich nie bekommen werde." Anastasia schaute Alena nun mit verweinten Augen an und fragte: „Meinst du das ehrlich? Dass ich etwas habe, was du nicht haben wirst? Glaubst du wirklich, dass ich hier richtig bin?" Alena nickte nur und sagte zu ihr: „Dort, wo man gerade ist, ist man richtig und du bist hier und wir mögen dich und möchten, dass du den Abend mit uns zusammen erlebst."

Anastasia schluchzte noch etwas. Dann sagte sie: „Gut ihr beiden, ich gehe in mein Zimmer, wasche mir die verheulten Augen und komme dann. Bitte verratet mich nicht. Ich möchte nicht, dass Antony mich für bescheuert hält. Es ist so, dass auch ich alle Teilnehmer des Schreibseminars mag. Sie sind alle so nett und schlau und ich fühle mich auch etwas dumm." Alena sagte dann zu ihr: „Du bist doch nicht dumm. Du bist hier und ins Naturjuwel kommen nur schlaue Leute, die wissen, was gut tut." Anastasia klagte noch: „Aber mir fällt das Schreiben schwer". Jetzt antwortete Josefine: „Wir haben alle unsere Aufgaben mit dem Schreiben und wir sind alle hier, um etwas zu probieren. Und das, was du bis jetzt geschrieben hast, ist schön. Es sind deine Texte und sie müssen anders sein als meine, denn du bist ja auch anders als ich. Ich glaube, es gibt zwischen zwei Menschen niemals mehr so viele Unterschiede als zwischen dir und mir. Trotzdem haben wir diese Gemeinsamkeit, hier zu sein. Und ich mag dich genauso wie du bist. Nur darfst du mir nicht mehr sagen, dass du Langeweile hast." Sie umarmte Anastasia und sagte: „Und nun komm, egal ob das Makeup perfekt oder nur gut ist. Es ist wichtig, dass dein Herz frei ist." Anastasia drückte Josefine ganz fest und hakte sich bei ihr und Alena ein. Dann gingen die drei Frauen ins Wellnesszimmer, um dort endlich die Abendstunde mit allen gemeinsam beginnen zu können. Die anderen freuten sich, als die drei Frauen kamen. Sie begrüßten sie ganz freundlich und Antony sagte zu Anastasia: „Komm zu mir. Ich möchte, dass du neben mir bist." Anastasia erfüllte ihm diesen Wunsch gern.

Als nun alle ihren Platz gefunden hatten, sagte Alena: „Ihr Lieben, nun möchte ich euch zu unserer Abendstunde begrüßen. Ich weiß, ihr alle habt heute Schönes erlebt, geschrieben und gesehen. Ich möchte euch jetzt mit einer Aufgabe aus diesem Tag entlassen. Ich habe hier für euch Karten mitgebracht. Es sind einfache Pappkarten. Und hier habe ich Buntstifte und Schreibstifte. Ich möchte euch nun dazu einladen, dass ihr Engel für andere seid. Das heißt, ihr nehmt euch hier einen Namen eines Kollegen und dann malt oder schreibt ihr ihm oder ihr etwas Gutes. Etwas, was ihr dem Mitautor auf seinen oder ihren Lebensweg mitgeben wollt. Es müssen keine tollen Gemälde sein, aber die Worte sollten gut gewählt sein. Es ist eine 'Aufgabe des Segnens', denn 'segnen' heißt 'Gutes sagen'. Das ist normalerweise die letzte Aufgabe des Seminars, aber aus gegebenem Anlass habe ich sie spontan für heute und diesen Zeitpunkt ausgesucht, und ich bin mir sicher, dass ihr sie auch jetzt gut erfüllt. Nun teile ich in Ruhe die Utensilien aus, entzünde die Kerze und bitte um gute Gedanken für euch, während ihr als Engel euren Schützling aussucht."

Alle schrieben ihre Namen auf kleine Zettel und legten diese um die brennende Kerze. Dann nahm sich jeder einen anderen Zettel.

Josefine freute sich, dass sie für Renate schreiben durfte. Sie wusste direkt, was auf der Karte stehen sollte. Sie malte einen wunderbaren Schmetterling in allen hellen, leuchtenden Farben und schrieb dazu: *„Ich wünsche dir von Herzen Leichtigkeit. Und die findest du beim Beobachten von Schmetterlingen."*

Anastasia las Giselles Namen auf ihrem Zettel und dachte: „Oh je, Giselle. Sie ist einfach so toll, dass ich ihr eigentlich nicht das Wasser reichen kann." Doch dann erinnerte sie sich an Alenas Worte von eben und wusste auch, dass ihr Problem der Anlass zu dieser Aufgabe war, und da wollte sie sich einfach nicht blamieren. Unauffällig schaute sie Giselle an und dann malte sie eine rote Rose und ein großes Herz auf die Karte und ergänzte das Bild mit folgenden Worten: *„Ich wünsche dir, dass du immer die Schönheit der Rose behältst und die Liebe, die du tief in deinem Herzen für alles empfindest, niemals verlierst."* Sie verzierte alle Punkte mit einem kleinen Herzchen oder Blümchen. Als sie ihre Karte betrachtete, kamen ihr schon wieder die Tränen. Dieses Mal waren es aber Tränen der Freude und des Stolzes, weil sie so etwas Schönes wie diese Karte gestalten konnte. Sie freute sich sehr, diese Karte an Giselle zu überreichen und am liebsten wollte sie später noch eine für Josefine malen.

Renate durfte Robert eine Karte schenken. Sie malte ihm einen Fluss inmitten grüner Wiesen und schrieb dazu: *„Lieber Robert, du darfst das Leben als Fluss betrachten, der immer weiter fließt und somit einer ständigen Veränderung standhält. Der Fluss fließt mal langsam und mal schneller, aber immer weiter, bis er in ein Meer voller Hoffnungen und neuer Möglichkeiten mündet. Lass ihn fließen, deinen eigenen Lebensfluss."*

Giselle durfte der Engel für Josefine sein, was ihr natürlich leicht fiel. Sie mochte Josefine sehr gern und malte für sie eine kleine, sonnige Landschaft mit Wiesen, Bäumen und Bergen im Hintergrund. Als Segensspruch wählte sie: *„Die wahre Schönheit liegt in der Natur und du, liebe Josefine, hast das schon vor mir erkannt. Ich wünsche dir Sonnenstrahlen, die dich wärmen, Winde und Regentropfen, die dich erfrischen und dir Energie geben, und dass du immer wieder Ruhepunkte findest, diese Schönheit zu genießen.“*

Robert hatte den Zettel mit Anastasias Namen und er wusste erst gar nicht, was er dieser Frau, mit der er bisher kaum gesprochen hatte, mitteilen sollte. Er bemalte die Karte mit kleinen, bunten Lachgesichtern, weil ihm das am besten gelang. Malen war wirklich nicht seine Stärke und dann schrieb er dazu: *„Liebe Anastasia, ich wünsche dir, dass dir jeden Tag jemand begegnet, dem du dein Lächeln schenken kannst und der dir dann seins zurückgibt. Diese Karte hilft dir dabei.“*

Antony freute sich, dass er malen durfte, denn seit seiner Erfahrung mit dem Malen am Wasserfall hatte er sich daran erinnert, dass ihm Malen oder Zeichnen immer Spaß gemacht hatte. Und nun malte er für Katharina, die Frau, die ihn hier im Schreibseminar, neben Anastasia, am meisten faszinierte, aber auf eine ganz andere Art. Er spürte, dass sie eine ganz besondere Frau war, die sowohl freundlich als auch attraktiv war. Sie war nicht der Typ Frau, der ihn normalerweise ansprach, aber jedes Gespräch mit ihr hatte in ihm etwas ausgelöst, was weder materielle, noch sexuelle Gefühle bei ihm auslöste. Daher malte er für Katharina wieder den Wasserfall. Plötzlich wurde ihm bewusst, dass Wasser für ihn hier ein besonderes Thema war. Er dachte dabei an sein blaues Zimmer, an den ersten Schluck des klaren Quellwassers, der ihm so gut geschmeckt hatte. Er nahm sich einen blauen Stift, um diese besondere

Karte für Katharina zu zeichnen, denn er fühlte sich gerade mit der Farbe Blau und dem Element Wasser verbunden. In eine Ecke der Karte zeichnete er Hände in der Form, die er bemerkt hatte, als Katharina am Wasserfall saß. Seine Wünsche, die er Katharina mitgeben wollte, schrieb er in Wassertropfen, die vom Wasserfall weg spritzten. Sie lauteten: *Kraft, Geduld, Gelassenheit, Leichtigkeit* und *Gesundheit*. Er freute sich sehr, dass er diese Karte so toll gestalten konnte und konnte es kaum erwarten, dass er Katharina die Karte überreichen durfte.

Katharina glaubte, nicht gut malen zu können, und dann hatte sie auch noch die Aufgabe, Antonys Karte zu gestalten. Für sie war dieser Mann ein Rätsel, war er ihr doch zu Beginn des Seminars so arrogant und unnahbar erschienen, so durfte sie nun beobachten mit welcher Hingabe er zeichnete. Auch die gemeinsamen Gespräche verliefen immer sehr positiv für sie beide. Sie mochte es inzwischen sogar sehr gerne, wenn er sich mit ihr unterhielt. Sie spürte in seinen Worten, dass auch sein Leben für ihn richtig war, und sie kam zu der Erkenntnis, dass es so viele Wahrheiten wie Menschen gab. Katharina war in ihrer Lebenseinstellung sehr tolerant und es fiel ihr eigentlich nie schwer, passende Worte zu finden, galt es jemand zu trösten oder jemandem zu gratulieren oder Glück zu wünschen, aber jetzt fühlte sie sich mit der Aufgabe etwas überfordert. Doch dann fiel ihr ein, dass sie früher ihren Kindern Glückskarten zu allen Prüfungen geschrieben hatte und das wollte sie nun auch für Antony tun. Sie schrieb und malte ihm eine Glückskarte. Er war ja ein Mann, der recht materiell orientiert erschien, und sie fragte sich, womit sie seine Sinne erreichen konnte. Mit ihren spärlichen Zeichenkünsten. Nach einigem Nachdenken malte sie einfach Kleeblätter, Smileys und Glückskäfer an den Rand der Karte. Dann schrieb sie in ganz deutlicher Schrift: *„Der Besitzer dieser Karte hat das Recht, glücklich zu sein. Sollte er das einmal vergessen, erinnert ihn diese Karte daran.*

Dann darf der Besitzer tief durchatmen und an die Zeit hier im Naturju-
wel denken." Zur Ergänzung zeichnete sie in eine Ecke das vereinbarte
Zeichen des Kreises aus Zeigefinger und Daumen und schrieb dazu:
„*Notfallkraftpunkt. Im Ernstfall fest darauf drücken und atmen und lä-*
cheln und erinnern!" Sie schaute sich die Karte noch einmal genau an
und wusste, dass sie genau richtig für Antony war. Zu ihrer eigenen Zufriedenheit betete sie noch um besondere Kraft für ihn.

Nachdem alle mit dem Gestalten ihrer Karten fertig waren, durften sie
diese an ihre Schützlinge weitergeben. Zu dieser Zeremonie legte Alena
besonders festliche Musik auf und verbrannte in einer Schale duftende
Kräuter. Im Raum lag so viel Feierliches, dass die meisten eine Gänse-
haut bekamen. Sie nahmen ihre Karten dankend an und freuten sich
sehr darüber. Alle wussten, dass genau diese Karten in Zukunft ein stän-
diger Wegbegleiter für jeden sein würden.

Katharina sagte zu Alena: „Das war die kraftvollste Aufgabe, die ich jemals gemacht habe. Hast du auch diese gute Energie im Raum gespürt?"
Alena sagte zu ihr: „Wenn so viel gute Energie geteilt wird, kann nur
Gutes entstehen." Katharina meinte dazu: „Ich würde mir so sehr wünschen, wenn endlich mal mehr Menschen verstehen würden, dass Liebe
und Gutes einfach mehr schaffen als Druck und Geld. Aber davon sind
wir so weit entfernt." Traurig hob und senkte sie ihre Schultern.

Alena nahm die nun entstandene Stille zum Anlass, die Gruppe für diesen Tag zu verabschieden und sagte zu ihnen: „Ich wünsche euch nun
allen einen schönen Abend. Gestaltet ihn so, wie es euch gut tut, und
dann schlaft gut. Wir sehen uns morgen früh vor dem Frühstück so gegen acht Uhr zu einer kleinen Morgenmeditation. Wenn es nicht regnet,

treffen wir uns auf der Wiese, ansonsten hier. Ich denke mir wieder etwas Schönes für euch aus!" Alle bedankten sich bei ihr mit herzlichen Umarmungen oder freundlichem Schulterklopfen.

Als alle den Raum verlassen hatten, kam Frank in das Wellnesszimmer. Er baute seine Massagebank auf, stellte zwei Kerzen auf ein kleines Tischchen und gab etwas Körperöl mit zartem Rosenduft in eine Schale, die er in einem kleinen Wasserbad anwärmt. Dann stellte er den großen Paravent in der Mitte des Raumes auf, sodass der Massageraum dezent abgeschirmt war. Den kleinen Paravent, der als Umkleidekabine diente, ließ er in der Nähe der Liege stehen. Auf die Liege legte er eine ganz weiche Decke und darauf ein Handtuch, das er Renate geben wollte, wenn sie ihre Kleider ablegte, um sich einzuwickeln. Er freute sich darauf, Renate massieren zu dürfen. Diese Frau hatte es verdient, gut behandelt zu werden. Sie war eine Frau, die Rosen verdient hatte. Er hatte sich nicht in sie verliebt, sondern empfand einfach eine große Achtung für sie, denn Renate hatte ihm etwas aus ihrem Leben erzählt. Nun wollte er ihr etwas Gutes tun. Er hatte keine Vorgaben, wie seine Massagen zu verlaufen hatten. Er war völlig frei und hatte daher die Möglichkeit, Renate so zu behandeln, wie es ihr gut tun würde.

Renate kam in den Raum, als Frank gerade die Kerzen angezündet hatte. Das Körperöl hatte nun die richtige Temperatur und erfüllte den Raum mit seinem Duft. Er bemerkte sofort, dass Renate sich etwas hergerichtet hatte und spürte auch etwas von der Nervosität, die von Renate ausging. Er setzte sich zuerst mit ihr auf die Liege und fragte: „Renate, welche Massage hättest du denn gern? Ich kann dir verschiedene Massagen anbieten, zum Beispiel die gesundheitliche Massage, die das Ziel hat, alle verspannten Muskeln zu lockern. Oder die Wellnessmassage, die dich verwöhnt. Oder die erotische, die dich ganz besonders verwöhnt." „Oh", sagte Renate. „Ich glaube, die Wellnessmassage ist das richtige für mich, aber sollten eventuell erotische Einflüsse dazu kommen, hab ich auch nichts dagegen." Frank antwortete: „Gut, meine liebe Renate, dann weiß ich, was ich zu tun habe. Du darfst nun deine Kleidung ablegen. Du entscheidet, was du noch tragen willst! Hier hast du ein Tuch, um dich etwas einzuhüllen, wenn du es magst! Ich bereite mich nun auch vor, um dir einfach gut zu tun." Renate ging hinter den Paravent und überlegte, ob sie ihren Spitzenbüstenhalter weiter tragen sollte oder ihn lieber gleich ablegte. Sie zog ihn aus, aber ihr Höschen ließ sie an. Dann wickelte sie das weiche Tuch um sich und ging zur Liege. Sie legte sich mit dem Rücken nach oben auf die Liege und rief Frank zu, dass sie bereit war. Frank trat zur Liege, er trug nun eine kurze Sporthose und sein muskulöser Oberkörper war frei. Renate war angenehm überrascht, denn er sah schön aus. Sie atmetet tief ein und aus, als Frank ihr das gut temperierte Öl auf den Rücken gab. Seine kräftigen Hände verteilten es liebevoll und der Rosenduft stieg in ihre Nase und erfüllte sie. Nun wusste sie, dass sie diese Massage genießen konnte. Renate entspannte sich sofort. Der Duft und Franks Hände gaben ihr Wärme und das Gefühl, wertvoll zu sein. Franks Hände glitten über Renates Rücken. Vor dem Po hielt er inne, um dann mit sanftem Druck ihre Beine zu massieren. Er führte seine Hände erst an die Oberschenkel, dann widmete er seine Aufmerksamkeit den Unterschenkeln und dann den Füßen. Renate genoss jeden Handgriff und war still. Jedes Wort hätte dieses Gefühl zerstört. Frank massierte jeden einzelnen Zeh und dann die Fußsohlen, was Renate unendlich gut tat. Sie war entspannt und fühlte sich ganz warm. Nachdem Frank die Füße genug verwöhnt hatte, bat er Renate sich auf den Rücken zu legen. Renate tat es und bedeckte ihren Busen mit einem Handtuch. Sie dachte, diese Region ihres Körpers sei nicht so attraktiv, daher fühlte sie sich besser, wenn ihre

Brüste verdeckt waren. Frank nahm die Geste des Verhüllens wahr, äußerte sich jedoch nicht dazu. Er wanderte nun mit seinen Händen die Beine hoch bis er an den Oberschenkeln ankam. Renate seufzte ganz tief, sie empfand tiefen Genuss bei der Massage. Frank ließ nun seine Hände über den Bauch gleiten und gab wieder etwas von dem angewärmten Rosenöl auf Renates Haut. Frank flüsterte ihr zu: „Renate, du bist eine wunderschöne Frau. Deine Haut ist so zart, dass jede Minute, die ich mit ihr verbringen darf, für mich einen besonderen Genuss bedeutet. Darf ich nun dieses Tuch wegnehmen?" Renate gab nur ein kurzes Zustimmen von sich. Franks Hände umgaben ihre rechte Brust und massierten sie ganz sanft. Seine Hände streichelten sie und rieben so das gute Öl in die Haut. Diese Berührungen taten ihr unendlich gut. Sie dachte: „Oh mein Gott, wann hat ein Mann mich jemals so berührt?" Sie sagte Frank nur: „Das tut so unendlich gut. Mache einfach weiter. Du darfst das tun, was magst!" Frank flüsterte ihr zu: „Nimm einfach an, was ich dir gebe. Du hast es verdient, wie eine Königin behandelt zu werden." Er führte seine Hände nun zum linken Busen, um auch ihm die versprochene Aufmerksamkeit zu widmen. Renate genoss auch diese Zuwendung sehr und als seine Hände sanft den Hals streichelten, öffnete Renate die Augen. Sie blickte in Franks Gesicht und las in ihm eine tiefe Zufriedenheit. Renate sah seine vollen Lippen und ganz plötzlich spürte sie eine tiefe Lust, ihn zu küssen. Und dann tat sie es. Sie setzte sich auf, nahm Franks Kopf in die Hände und gab ihm einen besonders weichen, intensiven Kuss. Seine Lippen waren noch sanfter als seine Hände. Renate fand sich in einem ungewohnten Glücksgefühl wieder. Frank erwiderte ihren Kuss und streichelte sie weiter. Plötzlich hielt sie inne. Ihr wurde bewusst, was sie gerade getan hatte. Sie hatte ihren Masseur geküsst. Hastig stammelte sie: „Oh Frank, entschuldige bitte. Ich wollte..." Doch Frank legte ihr seinen Zeigefinger auf den Mund und sagte ganz sanft zu ihr: „Du brauchst dich nicht zu entschuldigen! Ich sagte dir doch, dass ich das mache, was dir gut tut und wenn dir dieser Kuss gut getan hat, ist alles in Ordnung. Dieser Kuss verpflichtet dich zu nichts, und wenn ich ehrlich bin, mir hat er auch gut getan!"

Renate entspannte sich wieder und genoss die überaus zärtlichen Zuwendungen von Frank. Er massierte nun weiter ihren Rücken und Renate spürte in jeder seiner Berührungen eine tiefe Achtsamkeit ihr und ihrem Körper gegenüber. Nach einigen Minuten flüsterte er ihr zu: „Kann ich dir noch was Gutes tun?" Renate setzte sich auf, blickte ihm dankbar in die Augen, nahm seine Hände in ihre und dann küsste sie ihn noch einmal und sagte ganz liebevoll zu ihm: „Du hast mir sehr gut getan. Deine Massage war göttlich. Ich fühle mich wieder als wertvolle Frau, geachtet und geschätzt und sehr verwöhnt. Danke dafür!" Frank erwiderte ihren Kuss und flüsterte ihr zu: „Du bist eine wundervolle Frau. Du bist schön. Und du bist es mehr als wert, verwöhnt zu werden. Ich wünsche dir, dass bald der passende Mann dazu in dein Leben findet." Sie umarmten sich noch einmal und dann wussten beide, dass die Massage nun vollendet war.

Renate zog sich an und dann verabschiedete sie sich von Frank. Als sie zu ihrem Zimmer ging, spürte sie noch das schöne Gefühl der Massage und der Küsse. Doch gleichzeitig spürte sie auch wieder das Gefühl der Einsamkeit. Aber sie wusste nun ganz genau, dass sie das bald ändern konnte. Frank hatte ihr das gegeben, was sie dazu brauchte. Nämlich wieder an sich selbst zu glauben. Sie spürte wieder, dass sie immer noch attraktiv war, und als sie in ihrem Rosenzimmer ankam, ging es ihr gut.

Katharina wollte den Abend ursprünglich alleine in ihrem Zimmer verbringen, doch Giselle fragte sie auf dem Weg ins Zimmer: „Du, Katharina, du hast mir eben gesagt, dass du mir vielleicht deine Gedanken erzählst? Wäre es eine Option, den Abend gemeinsam zu verbringen? Ich finde dich interessant, du hast so eine besondere Ausstrahlung und außerdem bin ich so neugierig zu erfahren, was dir eben dieses besondere Lächeln ins Gesicht gezaubert hat!" Katharina antwortete: „Ja, wenn du das gern willst, aber ich geniere mich da schon ein wenig, dir das zu erzählen. Ich möchte nicht, dass du mich für ein bisschen durchgeknallt hältst und du musst mir versprechen, dass das, was ich dir erzähle, unter uns bleibt. Wenn ich ehrlich bin, wünsche ich mir auch, dass wir beide uns mal so richtig gut unterhalten können, denn ich hab auch eine Bitte an dich, denn du kannst etwas, was ich nicht kann." Giselle sagte zu ihr: „Natürlich verrate ich nichts. Und für durchgeknallt halte ich dich auf gar keinen Fall. Ich bin so interessiert an Menschen und an dir besonders, weil du auf mich so zufrieden wirkst. Aber welchen Gefallen könnte ich dir tun? Was kann ich, was du nicht kannst?" Katharina errötete leicht und flüsterte ihr zu: „Du bist so schön, du hast eine wundervolle Ausstrahlung, du bist immer so schick und ich hätte gern, dass du mir da vielleicht ein paar Tipps gibst." Giselle schaute sie verwundert an und sagte: „Katharina, ich weiß nicht, was du meinst. Du bist eine tolle Frau mit einem zauberhaften Wesen. Du kannst zuhören, du schreibst Texte, die die Seele berühren. Was soll ich da an dir verbessern?" Katharina sah sie flehend an: „Na, mein Aussehen, ich bin doch eine graue Maus, etwas zu mollig, etwas zu blass, etwas zu unauffällig und etwas zu plump."

Giselle sagte zu ihr: „Das sind Äußerlichkeiten. Aber wenn du magst, gebe ich dir da Tipps. Aber als allererstes ist es enorm wichtig, dass du an dich glaubst und dein eigenes Selbstbild neu betrachtest. Wenn du willst, gehen wir nachher in mein Zimmer und du kannst mal einige meiner Kleider probieren. So, und nun will ich wissen, wo du eben beim Abendessen mit den Gedanken warst? Erzähl!! Ohne Scheu!" Katharina begann mit ihrer Rede: „Also, ich bin ja von dem ganzen Schreibseminar völlig verklärt. Ich mag alle, die mitmachen, ich liebe alle Texte und die ganze Stimmung. Als eben Dominikus ins Esszimmer kam, erschien es mir, als erlebte ich ein ganz warmes, besonderes Gefühl. Er leuchtete für mich und ich hatte fast das Gefühl, dass er ein Engel ist. Jetzt halte mich nicht für verrückt, aber ich spüre das. Ich fühle mich mit Engeln verbunden und dieses Gefühl, das ich eben erleben durfte, gleicht dem, was ich bei verschiedenen Engelmeditationen erleben durfte. Ja, und diese Gedanken schenken mir eine tiefe Zufriedenheit. Ich spüre, wie Dominikus sich mit uns allen verbunden fühlt. Er findet für jeden die richtigen Worte. Er ist einfach zauberhaft, engelsgleich, wie von einer anderen Welt!" Giselle schaute Katharina etwas entgeistert an und sagte zu ihr: „Ich finde ihn auch supernett und er versteht seine Arbeit und hilft uns wirklich allen. Aber ein Engel? Katharina? Ich weiß nicht!" Katharina errötete leicht und erinnerte Giselle wieder an ihr Versprechen, nichts von dieser Unterhaltung und ihren Gedanken weiterzuerzählen. Giselle sagte zu ihr: „Du, Katharina, du bist ein ganz besonderer Mensch, und wenn Dominikus für dich ein Engel ist, dann ist das so. Dann genieße das, was du von ihm bekommst. Es tut dir ja mehr als gut und nur das zählt, nämlich das, was gut tut. Und nun komm mal mit in mein Zimmer, ich bin mir sicher, dass es dir gefällt, und ich gebe dir einen oder zwei Tipps, was du ändern darfst. Aber mach dir nicht zu viele Gedanken, du bist eine tolle Frau, wenn auch ein paar Rundungen da sind. Sie gehören genauso zu dir wie dein liebevolles Lächeln und deine Art zuhören zu können. Komm, lass uns gehen!" Sie nahm Katharinas Hand und führte sie in ihr Zimmer. Als Katharina dieses Zimmer betrat, schaute sie sich fasziniert um und sagte: „Giselle, du wohnst in einem

Stückchen Paradies. Das hast du verdient. Ist das Zimmer so schön. Ich dachte, mein Zimmer sei das Schönste, aber nun glaube ich, dass du das Schönste hast. Und es ist richtig, dass genau du dieses Engelszimmer bekommen hast. Glaubst du nun, dass wir mit Engeln verbunden sind? Und einer davon hat menschliche Gestalt angenommen." fügte sie lachend hinzu.

Giselle nickte nur und meinte: „Katharina, das mag alles stimmen. Ich fühle mich auch von guten Mächten oder Engeln umgeben, aber für mich sind und bleiben sie unsichtbar. Aber nun lass uns mal im Kleiderschrank stöbern. Ich hab ja nicht so viel dabei, aber das hier könnte dir passen und es passt zu dir." Sie nahm einen schlichten Jeansrock und ein enges Shirt aus dem Schrank. Katharina zog den Rock an, er saß etwas eng an ihrer Hüfte, aber sie fühlte sich gut damit. Das Shirt sah auch gut an ihr aus. Nun nahm Giselle ein Paar Schuhe mit Absätzen und sagte zu Katharina: „Das ist das einzige, was ich an dir ganz bewusst ändern möchte. Zieh diese Schuhe an und dann geh mal ganz bewusst wie eine Königin." Katharina protestierte: „Solche Schuhe kann ich nicht tragen, ich kann darin nicht laufen!" Giselle sagte: „Erstens weiß man nie, was man kann, bevor man es probiert, und zweitens sollst in diesen Schuhen nicht laufen, sondern gehen. Du darfst nun mal elegante kleine Schritte machen, mit denen du zeigst, 'Ich bin eine schöne Frau!' Und nun los!" Katharina zog die schlichten, blauen Pumps an und ging zaghaft einige Schritte. Giselle ermunterte sie: „Du machst das sehr gut, du siehst toll aus! Der Rock und die Schuhe passen super zu dir! Du darfst es wagen, dich so als Frau zu präsentieren. Wenn du willst, zeige ich dir noch ein paar minimale Schminktipps und dann ist alles gut. Du hast eine besondere Ausstrahlung, daher brauchst du nicht viel zu tun. Und mit diesen kleinen Tricks der Makeup-Kunst darfst du dich einfach schön fühlen." Giselle zeigte ihr, welchen Lidschatten sie an den richtigen Stellen auftragen sollte und wie man mit Rouge und Lippenstift umgeht. Nach wenigen Minuten bat sie Katharina in den Spiegel zu gucken. Katharina tat es und das Spiegelbild versetzte sie in große Begeisterung. Sie strahlte Giselle an, dann umarmte sie sie und sagte: „Danke dir! Du bist so eine tolle Frau und ich bin so froh, dass wir uns hier kennengelernt haben. Du hast mich so schön gemacht!" Giselle erwiderte nur: „Ich habe deine Schönheit nicht gemacht, ich habe sie nur mit etwas Glanz bereichert. Du bist schön, weil du du bist." Sie umarmten sich noch einmal ganz herzlich.

Die zwei Frauen spürten, wie gut sie sich verstanden und plauderten noch bis spät in die Nacht über Engel und darüber, was Schönheit bedeutet, und als beide sich zur Nachtruhe verabschiedeten, wussten sie, dass sie beide in der anderen eine Freundin gefunden hatten.

Während Renate ihre Massage genoss und Giselle und Katharina lebensverändernde Gespräche über Mode, Makeup und Engel führten, klopfte Anastasia ganz leise an Antonys Zimmertür. Antony wollte zuerst nicht öffnen, doch da Anastasia noch einmal klopfte, öffnete er die Tür und erblickte Anastasia, die in einem kurzen schwarzen Rock und einer knappen Bluse, die Einblicke auf ihre Unterwäsche zuließ, vor ihm stand. Anastasias Gesichtsausdruck zeigte eine Mischung aus Traurigkeit und Begierde. Antony wusste erst nicht, wie er mit ihr umgehen sollte. Anastasias Benehmen beim Abendessen war ihm noch in unangenehmer Erinnerung. Aber als sie so vor ihm stand und ihn so anschaute, musste er sie einfach in den Arm nehmen, was er dann auch tat. In Antonys Armen löste sich Anastasias Anspannung und sie brach in Tränen aus. Ihre Tränen flossen in Strömen und Antony versuchte ihr Zittern durch festeres Umarmen zur Ruhe zu bringen. Nach einigen Minuten des guten Zuredens und Streichelns beruhigte sich Anastasia und gleichzeitig begann sie, Antony zu küssen. Antony wehrte sich gegen die Küsse und flüsterte ihr zu: „Anastasia, lass uns reden. Wir beide brauchen jetzt keinen Sex, wir brauchen Gespräch und Achtung." Anastasia wich erschrocken zurück, setzte sich neben ihn auf das Bett und fragte ihn: „Wie meinst du das?" Antony antwortete ihr: „Wir beide sind doch auf die gleiche Art unglücklich. Wir beide leben doch nur für Äußerlichkeiten. Ich strebe nach einem großen Auto, nach immer mehr Geld und noch mehr Macht. Ich versuche immer mehr in jeden Tag zu packen, was zur Folge hat, dass ich völlig überarbeitet bin. Ich spüre Leere in mir, und die glaube ich mit Dingen füllen zu können, die ich mir kaufen kann. Und du bist ähnlich. Du leidest darunter, zu viel Zeit zu haben. Du erlebst doch auch eine gewisse Leere. Und da du dir solche Männer aussuchst wie mich, die glauben mit Geld alles zu bekommen, kannst du dir kaufen, was du denkst zu brauchen. Ich weiß, dass dich deine Männer gern verwöhnen, denn du bist eine tolle Frau, liebevoll, hübsch und sehr sexy. Aber hast du nicht auch das Gefühl, dass dir etwas fehlt?" Anastasia saß stumm neben ihm und nickte nur. Wieder füllten sich ihre Augen mit Tränen und dann sagte sie: „So etwas ähnliches haben mir Josefine und Alena eben auch gesagt. Ich frage mich seit diesem Gespräch, ob ich ein schlechter Mensch bin. Gleichzeitig darf ich mich beruhigen mit dem Gedanken, dass schlechte Menschen anderen Böses tun, und das mache ich ja nicht. Ich nehme mir nur, was die Männer mir gerne geben. Aber gleichzeitig fällt mir ein, dass ich keine wahren Freundinnen habe." Traurig schaute sie Antony an, der nachdenklich antwortete: „Wenn ich es mir recht überlege, habe ich auch keinen richtigen Freund. Aber ich habe das Glück, sehr liebevolle Mitarbeiter zu haben, die mir diesen Aufenthalt hier geschenkt haben. Ich habe denen eine Mail geschickt, in der ich mich ganz herzlich bedankt habe. Ich habe vorhin, als ich die Karte von Katharina bekommen habe, plötzlich gespürt, worauf es im Leben und beim Miteinanderleben ankommt. Ich glaube, Katharina, Josefine, Renate, Robert und Giselle wissen, wie das Leben funktioniert. Sie leben alle ein wesentlich einfacheres Leben als wir beide, ohne große materielle Besitztümer, aber sie sind so zufrieden. Okay, Renate hätte gern wieder jemand, an den sie sich liebevoll anlehnen kann und Robert entscheidet sich gerade, sein eingefahrenes Leben zu verändern, aber alle wissen, was man zum Leben braucht und in ihrem Leben sind das weder große Autos, teure Klamotten oder sexy Schuhe. Lass uns beide diese Lebensweisheiten auch annehmen. Ich versuche es auf jeden Fall!"

Anastasia hörte Antony ganz gespannt zu und schaute ihn an, dann sagte sie zu ihm: „Weißt du, mir gefällt mein Leben. Ich habe nichts vermisst. Und das, was du mir jetzt sagst, scheint ja auch alles zu stimmen. Da ist etwas Wahres dran. Nur glaube ich nicht, dass ich es schaffe, mein Leben zu verändern. Ich brauche Geschäfte, schöne Kleider, Schminke und Schmuck. Ich mag Sex und liebe es, viele Männer zu kennen. Jedes Mal glaube ich auch, den passenden Mann gefunden zu haben und ihn zu lieben. Ich mache auch kein Geheimnis daraus. Und dann irgendwann ist dieser Mann wieder langweilig für mich. Ich kann mir gar nicht vorstellen so zu leben wie Robert, immer das gleiche … Nein, ich brauche und will Abwechslung und stetige Veränderung." Antony sagte darauf: „Aber du veränderst ja nichts an dir. Im Prinzip gleicht dein Leben dem von Robert. Alles läuft wie gewohnt und wie bekannt. Du wagst nichts Neues und wenn du ehrlich bist, ist dein Leben auch total langweilig. Wenn du wirklich glücklich werden willst, solltest du deine Denkweise ändern oder mit dem zufrieden sein, was im unveränderten Leben geschieht." Anastasia rückte nahe an Antony heran. Es gefiel ihr, wie er sprach. Sie hörte ihm gern zu, aber ihre Gedanken wanderten immer wieder zur Begierde. Antonys Duft machte sie ganz nervös. Sie wollte ihn küssen und von ihm geküsst und verwöhnt werden. Sie flüsterte ihm ins Ohr: „Du bist ein schlauer, weiser Mann und so sexy, ich bin ganz verrückt nach dir. Bitte lege deine Bedenken zur Seite, du kannst ja ab morgen dein Leben ändern und dich heute von mir verführen lassen. Nimm mich an, mit allem, was ich dir bereit bin zu geben. Denn das ist viel, sehr viel!" Sie küsste ihn auf den Mund und knabberte an seinen Ohrläppchen. Erst versuchte sich Antony zu wehren, doch dann wurde auch er schwach. Anastasia verstand es einfach, Männern das zu geben, was sie brauchten und sie erlaubte ja auch ihm, ihr etwas zu geben. Dann begann er sie mit Küssen zu bedecken, er öffnete ihre Bluse und den Reißverschluss ihres kurzen Rocks. Seine Hände umschlossen ihre festen Brüste und massierten die kleinen Knospen bis diese fest waren. Anastasia hatte ihm schon längst seinen Pullover ausgezogen, nun öffnete sie ihm die Hose und ihre Hände verwöhnten ihn im Schritt bis seine Erektion nicht mehr zu steigern war. Sie flüsterte ihm lustvoll ins Ohr: „Nimm mich! Ganz und gar. Ich bin bereit." Antony streichelte sie bis ihre beiden Körper in vollkommener Lust zueinander fanden, um sich dann in vollkommener Lust zu vereinen. Nach diesem ganz besonderen Erlebnis lagen beide völlig erschöpft nebeneinander und Antony streichelte Anastasia und flüsterte ihr zu: „Danke, du hast mir so gut getan. Ich bin froh, dass ich es zuließ. Und du hast Recht, ich muss nicht alles im Leben ändern. Ach Anastasia, du bist eine Hexe, du verhext mich jedes Mal. Aber danke dafür!" Anastasia antwortete ihm: „Mir tut Sex immer gut, besonders mit so einem tollen Mann wie dir, und dann bin ich gern eine Hexe! So, und nun gehe ich in mein Zimmer zum Schlafen, denn morgen beginnt das neue Leben voller Weisheit und Achtsamkeit! Gute Nacht, mein toller Antony!" Mit einem zärtlichen Gutenachtkuss verabschiedete sie sich von Antony. Er streichelte ihr noch einmal über den Rücken, dann zog Anastasia ihre Kleider an, ordnete ihr Haar und verließ sein Zimmer. Antony lag noch lange wach und dachte über alles nach, was er an diesem Tag erlebt hatte. Am nächsten Tag wollte er sich einen neuen Lebensplan aufstellen, der ihm helfen sollte, etwas mehr Ordnung und etwas mehr wahres Glück in sein Leben zu bringen. Mit diesem Vorsatz schlief er ein.

Josefine und Robert sprachen während ihres Spaziergangs über die Schönheit der Natur, über den Genuss des Vogelgesangs, über die Jahreszeiten. Robert dachte vor dem Schlafengehen noch darüber nach, was Josefine über den Wechsel der Jahreszeiten gesagt hatte. Er zog Parallelen zu seinem Leben. Er fühlte, dass er im Herbst des Lebens angekommen war und nun wollte er seiner Herbsttristesse leuchtende Farben geben. Er spürte, dass er dazu in der Lage war, er wusste nun, worauf es ankam. Mit diesen Gedanken schloss er den Tag dankbar ab und schlief bald tief und fest. Nun herrschte wohltuende Ruhe im kleinen Künstlerhaus.

Am nächsten Morgen kamen alle nacheinander ins Speisezimmer, das vom Duft des frischen Kaffees erfüllt war. Alle begrüßten sich sehr herzlich. Antony war an diesem Morgen mit einer Jogginghose und einem Pullover bekleidet, was sehr ungewöhnlich war, denn er hatte in der vergangenen Zeit immer einen schicken Anzug oder eine Hose und ein perfekt gebügeltes Hemd getragen. Auch hatte er sich das Rasieren erspart und sein Gesicht wirkte etwas unordentlich, aber das stand ihm vorzüglich. Er sah gut aus, das wurde den anwesenden Frauen schnell bewusst. Aber auch in seinem Wesen hatte sich etwas geändert. Er plauderte munter mit den anderen. Renate saß neben Josefine, die ihr zuflüsterte: „Na, wie war die Massage von Frank?" Renate errötete leicht bei dem Gedanken daran und sagte nur: „Es war wunderschön, jede Minute ein Genuss!" Dabei strahlte sie Josefine an und Josefine glaubte zu wissen, was Renate mit diesen Worten meinte.

Giselle freute sich, als Katharina ins Speisezimmer kam. Katharina hatte sich etwas geschminkt und Giselle sah, dass Katharina sich bemühte mit kleinen Schritten aufrecht und gerade zu gehen. Sie lächelte Katharina zu und sagte: „Erinnere dich immer daran, du bist eine tolle Frau!"

Katharina strahlte sie an und sagte zu ihr: „Du hast mich wieder daran erinnert und darüber freue ich mich sehr." Sie erblickte Dominikus, der gerade ins Speisezimmer kam, und flüsterte Giselle zu: „Nun ist er wieder da, mein Engel!" Giselle knuffte Katharina in die Seite und sagte zu ihr: „Genieß ihn!"

Dominikus begrüßte seine Schreibschüler mit folgenden Worten: „Guten Morgen, ihr Lieben! Ich begrüße euch zum letzten Tag des Schreibseminars im kleinen Künstlerhaus 'Naturjuwel'. Ich lade euch nach dem Frühstück zusammen mit Alena zu einer Morgenmeditation ein, die heute draußen auf der Wiese stattfindet. Danach treffen wir uns im Schreibzimmer, um ein großes Thema anzugehen. Nach dem gemeinsamen Mittagessen werden wir uns noch einmal im Schreibzimmer treffen, um noch einmal alles, was wir gemeinsam erlebt haben, zu reflektieren. Und dann dürft ihr alle, hoffentlich reicher, nach Hause fahren. Jedoch wollen wir nun die uns verbleibenden Stunden gemeinsam genießen."

Katharina spürte eine gewisse Traurigkeit in sich aufsteigen, wenn sie daran dachte, dass sie am Ende dieses Tages wieder in ihrem Alltag ankommen musste, und das gefiel ihr gerade gar nicht. Aber sie wollte die Zeit nicht mit trüben Gedanken verbringen und deshalb schüttelte sie diesen Gedanken ab und gönnte sich die Freude auf das, was kommen sollte.

Alle plauderten munter miteinander, nur Anastasia war sehr still. Ihr ging es nicht gut, körperlich war alles in Ordnung, sie war gesund, aber tief in ihrem Innern spürte sie Unsicherheit und auch etwas Trauer. Sie hatte letzte Nacht nicht gut geschlafen und fühlte sich innerlich etwas zerrissen. Sie wusste einfach nicht mehr, was richtig war. Ihr Leben mit den wechselnden Beziehungen oder das Leben, das sie hier kennengelernt hatte, in dem ihre Oberflächlichkeit völlig verkehrt war. Sie rührte gedankenverloren in ihrem Kaffee als Dominikus sie ansprach: „Anastasia, ich möchte dir einen Ratschlag geben, darf ich?" Anastasia schaute ihn an und sagte: „Sehr gern, ich brauche zur Zeit Lebenshilfe. Und ich glaube, dass ich nicht aus Langeweile hierher gekommen bin, sondern dass ich hierher geführt wurde. Es geschieht so viel in mir!" Dominikus antwortete ihr: „Das weiß ich, ich spüre deine innere Unruhe. Aber das ist etwas Gutes, du hast etwas Wichtiges erkannt. Du hast gespürt, dass es Wichtigeres gibt als Shoppen oder Party machen, aber du weißt noch nicht, wie das alles in deinem Leben umsetzbar sein soll." Anastasia nickte nur und spürte, dass ihr schon wieder die Tränen in die Augen stiegen. Dominikus bemerkte das, nahm ihre Hand und sprach leise zu ihr: „Du darfst dein Leben stückweise verändern. Du kannst ja zuerst mal eine Shoppingtour, die du aus Langeweile machst, durch einen Spaziergang in der Natur ersetzen. Vielleicht magst du auch einmal eine Party ausfallen lassen, um dich mit jemandem zum Essen zu verabreden. Du wirst sehen, es ist gar nicht so schwer." Anastasia antwortete ganz leise und etwas beschämt: „Und wie, glaubst du, soll ich mit meiner Liebe zu den Männern umgehen? Ich denke, ich brauche diese Kontakte und das ständig wiederkehrende Gefühl der Lust und der Erfüllung... Weißt du, was ich meine?" Dominikus nickte und sagte: „Ich weiß, was du meinst, aber glaube mir, wenn du dein Inneres verändert hast, ändert sich auch das Äußere und es wird vielleicht ein Mann in dein Leben treten, mit dem du all das erlebst, was wichtig für dich ist. Verliere nicht den Mut und jetzt sorge dich nicht mehr. Du bist hier und das ist jetzt richtig und wichtig! Nun genieße deinen Kaffee und gleich sehen wir uns im Schreibzimmer."

Anastasia trocknete ihre Tränen und drückte Dominikus Hand. Sie fühlte sich mit ihm verbunden und dachte: „So hat noch nie ein Mann mit mir gesprochen." Sie spürte eine gewisse Wärme, die von ihm ausging, aber dieses Gefühl war völlig frei von lustvollen, sexuellen Gedanken. Das war ihr so noch nie passiert, denn immer wenn sie mit Männern zusammen war, die so gut aussahen, spürte sie die große Lust, mit ihnen ins Bett zu gehen, aber in diesem Moment hatte sie einfach ein gutes Gefühl, nämlich verstanden zu werden. Dominikus war schon ein ganz besonderer Mensch.

Als alle mit ihrem Frühstück fertig waren, gingen sie raus auf die Wiese. Die Luft war noch kühl, aber der Tag versprach schönes Wetter. Alena kam zu ihnen, begrüßte sie alle mit einem freundlichen „Guten Morgen!" und lächelte ihnen zu. Sie bekam von jedem ein freundliches Lächeln zurück. Sie bat nun alle, sich in einem großen Kreis aufzustellen und erklärte ihnen den Sinn dieser morgendlichen Übung: „Ich möchte euch heute morgen mit einem kleinen Tanz zu eurer Mitte führen. Stellt euch einfach vor, dass die Schritte, die ihr nun tänzerisch geht, Lebensschritte sind. Bitte lasst euch darauf ein. Wenn es auch etwas ungewohnt erscheint, es tut euch gut. Ich bitte euch, wenn es für euch möglich ist, Schuhe und Strümpfe auszuziehen." Alle zogen Schuhe und Strümpfe aus. Zuerst fühlte sich das feuchte Moos und Gras zu kühl an, aber nach einigen Minuten spürten alle das wohltuende Gefühl, mit der Erde verbunden zu sein. Alena bat alle, auf dieses Gefühl des Getragenseins zu achten. Sie erklärte weiter: „Ihr spürt die Erde unter euch, sie trägt euch und gibt euch Kraft und Stand. Wenn ihr die Musik hört, geht ihr alle einen Schritt nach rechts, dann drei kleine Schritte nach innen zur Kreismitte und dann wieder einen Schritt nach außen. Vielleicht versucht ihr, euch nur auf eure Schritte zu konzentrieren, ohne Wertung. Geht den Weg, gebt euch der Musik und den Naturgeräuschen hin und genießt das, was geschieht!"

Alena stellte die Musik an und dann beobachtete sie ihre Gruppe, die ihre Schritte erst zögerlich, dann sicher ausführte. Irgendwann hielten sie sich an den Händen und als alle in der Kreismitte angekommen waren, schaltete sie die Musik aus und erklärte: „Nun seid ihr in euch angekommen, tankt einen Augenblick Kraft und dann gehen wir den Weg nach außen. Ihr geht nun drei Schritte nach außen, zwei Schritte zur Kreismitte und einen Schritt nach links. Wenn ihr wieder auf eurem Platz angekommen seid, dürft ihr noch kurz innehalten und dann seid ihr gestärkt für die Aufgabe, die Dominikus für euch bereit hält!" Sie schaltete die wohlklingende Musik wieder ein und alle führten diesen meditativen Tanz weiter. Alle gingen den Weg. In ihren Schritten war Vertrautheit und Nähe zu spüren. Irgendwann während des Tanzes fassten sie sich an den Händen und gaben einander Kraft und Halt.

Als dann alle wieder an ihrem Platz standen, dankten sie sich gegenseitig. Sie zogen ruhig ihre Strümpfe und Schuhe an und dann gingen sie zusammen zum Schreibzimmer, wo Dominikus sie erwartungsvoll in Empfang nahm. Er hatte wieder Karten auf dem Tisch liegen und alle freuten sich auf das, was er für sie vorbereitet hatte. Sie setzten sich auf ihre Plätze, statteten sich mit Papier und Stift aus, und Dominikus erklärte ihnen die neue Aufgabe. Er sprach zu ihnen mit seiner wohltuenden Stimme: „ Ihr seid nun bereit zu etwas ganz Besonderem. Ich möchte, dass ihr euch hier später eine Karte nehmt. Ihr dürft heute ein lyrisches Werk verfassen. Es ist euch freigestellt, ob es ein Gedicht mit Reimen ist oder eine Ballade. Ihr dürft auch Haikus schreiben oder einen Liedtext. Vielleicht mag jemand ein Gebet verfassen. Mir ist es wichtig, dass ihr euch mit euren Gefühlen und Empfindungen auf die Aufgabe einlasst. Ihr dürft das anwenden, was ihr gelernt habt, wie z.B. das Warmschreiben in drei Minuten und dann das Spiel, aus diesen Worten Sätze zu formen. Bedenkt, ihr habt das Tor zur Schreibkunst durchschritten. Ihr seid angekommen im Reich der Schreiber und Dichter. Und jetzt erfahrt ihr, was auf den Karten steht. Es steht nur ein Wort auf jeder Karte, nämlich: *Frühling, Sommer, Herbst, Winter, Erde, Wasser, Feuer*. Und nun nehmt euch eine Karte. Folgt eurer Intuition und greift zu der, die euch einfach am ersten anspricht!"

Robert griff sofort zu. Er wollte gern schreiben und vor allem war er neugierig, was wohl sein Thema sein würde. Er nahm die erste Karte. Darauf stand *ERDE*. „Okay!" dachte er. „Damit kann ich etwas anfangen."

Nun bedienten sich alle anderen und teilten sich die Karten auf. Katharina stöhnte leise auf und sagte: „Oh je, ich habe *WASSER*!" Giselle freute sich, dass sie die Karte *FRÜHLING* ergattert hatte. Anastasia durfte das Thema *FEUER* bearbeiten. Josefine war auch zufrieden mit ihrem Thema, *SOMMER*. Antony hatte die Aufgabe, Worte zum Thema *HERBST* zu verfassen und für Renate blieb somit die Karte *WINTER* übrig. Als alle ihre Aufgaben hatten, sagte Dominikus zu ihnen: „Ihr dürft auch draußen schreiben oder in eurem Zimmer. Wie es für euch am besten ist. Ich kann euch auch das eine oder andere helfen, wenn ihr es wollt. Aber am besten wäre es, wenn ihr eure Werke alleine verfasst. Lasst euch Zeit. Ich habe mir gedacht, dass wir dann in der Gruppe weiterarbeiten, wenn alle wieder hier sind. Daher lasst uns beginnen."

In der nächsten Stunde war es ganz leise im Schreibzimmer. Alle arbeiteten fieberhaft und mit großer Freude. Robert hatte seinen Block genommen und war nach draußen gegangen mit den Worten: „Ich will mein Thema spüren und daher geh ich raus!" Er setzte sich draußen auf einen der großen Steine und nahm etwas Erde in die Hand. Er wollte einen Zusammenhang herstellen zu den Bedeutungen des Wortes 'Erde'. Noch fehlten ihm die richtigen Worte und deshalb mochte er die Stille, die ihn umgab. Als erstes schrieb er das Wort *ERDE* auf ein Blatt und malte drei Pfeile daran. Er schrieb, strich weg, fing wieder an, schaute zum Himmel und dann geschah es, aus seinem Stift flossen seine Worte.

ERDE

Ich träumte davon, ein Stückchen Erde zu besitzen,

ich erwachte und wusste, sie gehört mir nicht,

ich darf sie aber nützen.

Ich träumte davon, auf der Erde zu bauen,

ich erwachte und spürte, mir fehlt das Vertrauen.

Ich träumte davon, dass die Erde wundervoll ist,

ich erwachte und sah, dass der Mensch dieses Wunder nicht sehen will

und klagt, oft und viel.

Ich träumte davon, dass die Erde ewig besteht,

ich erwachte und wusste, dass vom menschlichen Nutzen große Gefahr für die Erde ausgeht.

Ich träumte davon, dass alle Menschen sich die Erde teilen,

ich erwachte und erfuhr, dass das nicht funktioniert, weil viele Völker streiten, um einige Meilen.

Ich träumte davon, dass manche Menschen mit ihrer Macht das ändern sollten,

ich erwachte und wusste, dass genau diese Menschen das nicht wollten.

Ich schickte ein Gebet zum Himmel mit der Bitte, dass Gott uns lenkt,

diese Erde zu schützen, die er uns schenkt.

Ich träumte, die Erde sei wundervoll, wenn der Mensch sich gut benimmt,

ich erwachte und wusste: „Es stimmt!"

Ich danke der Erde, dass sie mich trägt,

dass sie mir gibt, was ich brauch,

heute, morgen und später für unsere Kinder und Enkel auch.

Robert reckte und streckte sich. Er las sein Werk noch einmal durch und dann schrieb er es in schöner Schrift in sein Schreibbuch. Nun genoss er noch die Stille und den Duft seiner Erde.

Giselle hatte sich zuerst über das Thema FRÜHLING gefreut, doch nun saß sie da und in ihrem Kopf erwachten Gedanken von Dichtern und Gedichten, die vor langer Zeit geschrieben worden. Sie musste nun dafür sorgen, dass ihre eigenen Gedanken Platz fanden. Sie nahm sich ein Blatt und notierte sich, was sie mit Frühling in Verbindung brachte, was in den klassischen Gedichten nicht so vor kam. Aber das war sehr schwierig. Es drehte sich alles um Blumen, blauen Himmel, laue Luft und schöne, warme Sonnenstrahlen. Sie ging dann auch in den Garten, um ihre Gedanken zu ordnen. Nach ein paar Minuten konnte sie wieder ins Schreibzimmer gehen und ihr Werk verfassen. Sie schrieb:

Frühling! Heute ist es soweit, es beginnt die Frühlingszeit.

Vögel singen schon am frühen Morgen ihr Lied,

das mich leitet in den Tag hinein, in einen Tag voller Sonnenschein.

Die Luft ist noch kühl, jedoch kann die Sonne ihr schon etwas Wärme geben.

Krokusse erwachen zu neuem Leben,

Schneeglöckchen läuten mit ihrem weißen Schein die neue Blumenblühkraft ein.

Osterglocken recken sich gen Himmel

und der Kalender zeigt uns an, dass man schon bald Ostereier
färben kann.

Vorbei ist die triste Zeit und ich bin bereit,

Farben zu sehen, in die Natur zu gehen,

Sonne zu tanken, zu lachen und zu scherzen, und das mit ganzem Herzen.

Und ist Ostern dann vorbei, dann kommt er bald, der liebe grüne Mai.

Giselle lächelte als sie ihr Gedicht las. Er erschien ihr schon etwas kitschig, aber es spiegelte genau das, was sie bei dem Thema FRÜHLING spürte. Und das hatte Dominikus zur Aufgabe gemacht. Daher war sie zufrieden. Sie schaute sich im Raum um. Alle waren total beschäftigt mit ihren Themen und wieder spürte Giselle das ihr schon bekannte Gefühl des Glücks.

Sie sah, dass Antony etwas zeichnete. Er war sehr vertieft in sein Tun und bald begann auch er zu schreiben. Das leise Klappern der Tasten seines Tablets mischte sich mit den Geräuschen, die die Bleistifte auf dem Papier verursachten und dem Geräusch des Zusammenknüllens von Blättern mit halbfertigen, aber ungewollten Werken. Diese Stimmung war genau das, was ihr und den anderen so gut tat. Dominikus ging durch das Zimmer und munterte die auf, denen es schwer fiel, Worte der Lyrik zu den gestellten Themen zu finden. Dominikus sagte zu Antony: „Ich mag deine Idee, erst das zu malen, was dir zum Thema einfällt. Bewahre deine Zeichnungen auf, vielleicht werden es schöne Illustrationen deines ersten Buches." Antony lächelte ihm zu und flüsterte: „Bis zum ersten Buch wird es noch etwas dauern, aber mein Gedicht *HERBST* ist fast fertig. Ich dachte nicht, dass es so kompliziert ist, passende Worte für ein so einfaches Thema zu finden." Dominikus sagte zu ihm: „Das wird schon alles richtig sein. Und du weißt ja, es sind DEINE Worte, die DU bereit bist zu teilen. Lass dir daher Zeit und genieße es, diese Worte zu schreiben und zu fühlen, was sie mit dir machen." Antony schrieb dann sein Gedicht zum Thema HERBST:

Herbst, du wirst Goldene Jahreszeit genannt,

und so bist du in mir geliebt und bekannt.

Deine Farben locken mich in die Natur

Und ich staune dann nur.

Dankend darf ich ernten,

was sich schwer von Reife biegt gen Erde,

was ich im Frühjahr gepflanzt hab, mit den Worten „Es werde!"

Die Tage werden kürzer, die Luft wird kalt

und bald,

darf der Ofen mich wärmen

und ich werde vom vergangenen Sommer schwärmen.

Dankbar,

gelebt, gefühlt, geliebt zu haben,

darf ich mich an herbstlichen Genüssen laben.

Dann pflanze ich eine Tulpenzwiebel in die Erde ein,

und freue mich auf dieses Blümlein.

Und dann kommt Freude in mir auf,

auf das, was kommen mag,

im nächsten Jahr, Tag für Tag.

Antony las sich sein Gedicht wieder und wieder durch. Er konnte nicht richtig glauben, was da gerade in ihm geschah. Er dachte an die erste Stunde des Schreibseminars, als es ihm schwer gefallen war, einige Worte auf ein Blatt aus Papier zu schreiben. Er spürte nach, wie es ihm da gegangen war, und verglich es mit dem, was er nun fühlte. Dort, wo vor wenigen Tagen nur Zahlen und Machtansprüche in seinem Kopf regierten, nahmen nun Worte der Lyrik das Areal in Besitz. Ihm war klar, dass auch dieses Gefühl nicht für immer Bestand haben würde, er freute sich aber sehr darüber und wusste, dass das Schreiben, Malen oder Zeichnen auch in Zukunft in seinem Leben einen Platz finden würde. Und vielleicht hatte Dominikus nicht ganz Unrecht, dass seine Zeichnungen und seine Texte irgendwann mal zu einem kleinen Buch werden könnten. Antony lächelte zufrieden, als er bemerkte, dass Anastasia ihn anschaute. Auch sie hatte einen zufriedenen Gesichtsausdruck. Antony lächelte ihr zu. Auch ihr Lächeln hatte sich verändert. Wo er vorher ein eher sexy und lüsternes Lächeln erblickt hatte, zeigte sich ihm nun ein warmes, liebevolles Lächeln. Er spürte, dass Anastasia ihm mehr bedeutete als nur dieses flüchtige, sexuelle Abenteuer, das er am ersten Tag genossen hatte. Dieses kleine Künstlerhaus hatte auch sie verändert.

Anastasia strahlte ihn an. Sie hatte zum Thema FEUER recht schnell passende Worte gefunden und besonders beim letzten Satz ihres Gedichtes dachte sie sehr intensiv an Antony. Sie konnte sich vorstellen, ihn in

Zukunft öfter zu sehen und auch öfter gemeinsam etwas zu unternehmen. Sie spürte auch, dass sie und ihn etwas mehr verband als diese
gemeinsamen Stunden. Sie wollte einfach mehr von ihm wissen. Aber
nun wollte sie erstmal ihr Werk zu Papier bringen. Vielleicht verstand ja
Antony, was sie damit ausdrücken wollte. Sie schrieb:

FEUER!

Wenn sich Feuer in mir entfacht,

spüre ich ganz genau seine Macht.

Zuerst macht es warm und hell,

doch dann! Es geht ganz schnell,

es greift vernichtend um sich und

alles brennt lodernd.

Schaue ich dann in die Flammen,

möchte ich mich verdammen,

weil ich auf die Idee kam,

und zündete dieses Feuer an.

Was bezaubernd dann begann,

man nun nicht mehr löschen kann.

Hilflos sehe ich zu wie alles in Flammen aufgeht,

was dann wieder niemand versteht.

Ich meine das Feuer der Lust in mir,

jedenfalls dachte ich immer mir,

es sei Liebe.

Heute weiß ich es genau,

es war die Lust auf einen Mann,

von einer sexy Frau.

Dieses Feuer, das so vernichtend brennt,

das man wohl „lodernde Leidenschaft" nennt,

möchte ich nun dämmen,

und hoffe, bald die wahre Liebe zu kennen.

Und dann! Dann zünde ich erstmal, ganz langsam eine kleine Flamme an!

Auch Anastasia legte ihren Stift zur Seite und las noch einmal ihre Worte und Sätze. Sie war etwas stolz, dass es ihr gelungen war, ihre Gefühle so treffend zu schildern, aber insgeheim fürchtete sie sich etwas davor, diesen Text später den anderen vorzulesen. Die anderen schrieben alle eifrig und sie spürte auch, dass es ihr gut ging. Sie war sehr froh, dass sie nicht nach Hause gefahren war, nachdem ihr gestern Josefine und Alena so ins Gewissen geredet hatten. Sie wusste, dass die beiden es wirklich gut gemeint hatten. Besonders zu Josefine fühlte sie sich hingezogen. Sie hatte in ihren Augen eine erstrebenswerte Lebensweisheit erkannt und davon konnte Anastasia viel lernen. Vielleicht konnte sie später noch mit Josefine reden. Doch gerade jetzt schien diese auch mit ihrem Gedicht zu hadern. Sie schrieb, strich durch, raufte sich die Haare, zerknüllte das Blatt und warf es kraftvoll in den Papierkorb.

Anastasia hatte Josefines Situation richtig erkannt. Es gelang ihr einfach nicht, etwas Gescheites zu Papier zu bringen. Dabei hatte sie zuerst gedacht, es sei ganz einfach, einen lyrischen Text zum Thema SOMMER zu verfassen, doch dann wurden die ersten Sätze zu kompliziert, dann zu spießig, dann zu langweilig. Nun näherte sich ihr Werk langsam dem an, was sie ursprünglich gewollt hatte, Gedanken zum Thema SOMMER zu einem netten Gedicht zu formen. Sie freute sich, als es fertig vor ihr lag.

SOMMER

Oh Sommer, du wahre Lust,

du füllst mich aus, mit großer Freude.

Deine Wärme von der Sonne,

erweckt in mir die größte Wonne.

Ich liebe dich mit all deinen Blumen,

deinem süß-herben Duft,

der erfüllt die warme Sommerluft.

Ich tanke Sonnenstrahlen,

nehme auf die Wärme

und gucke in der Nacht nach den Sternen.

Ich wünsche mir immer dann,

dass diese Zeit nie vergehen kann.

Der Wald schenkt mir wohltuende Kühle,

der kleine See gibt Erfrischung bei der großen Schwüle.

Wandern in den Morgenstunden,

bringt den großen Genuss,

Pause hat das 'Soll' und das 'Muss'.

Am Abend lege ich dann dankbar mein Haupt zur Ruh,

und du, lieber Sommer, schaust mir beim Genießen zu.

Ihre Worte sagten all das, was ihr wichtig war. Sie liebte den Sommer und die Natur und beide zusammen bedeuteten für sie das Paradies. Sie hoffte, dass alle ihre Gefühle verstehen würden. Josefine schaute sich im Raum um und fragte sich, welches Thema Katharina beschäftigte, denn diese schien keinen rechten Anfang für ihr Werk zu finden. Sie kritzelte immerzu auf einem Blatt Papier und sah etwas unglücklich aus. Josefine fragte sich auch wieder, ob Katharina ein Problem zu bewältigen hatte. Sie war sehr freundlich zu allen und versuchte glücklich zu wirken, aber wenn sie glaubte, unbeobachtet zu sein, hatte sie diesen tieftraurigen Ausdruck in den Augen und Josefine hatte auch gesehen, dass sie Medikamente nahm. Sie wollte sie gern danach fragen, traute sich aber nicht, dies zu tun, denn sie wollte Katharina nicht zu nahe treten oder irgendwie aufdringlich wirken. Aber vielleicht bekam sie ja noch nach der Lesung der Gedichte einen Hinweis auf Katharinas Sorgen.

Katharina saß vor ihrem Schreibblock und suchte nach den passenden Worten. Doch leider ließen ihr ihre aktuellen Sorgen zu wenig Freiheit, die richtigen Worte zu finden. Sie wollte auch nicht zu traurige Zeilen schreiben, denn sie liebte alles Positive und sie sah ihre Welt gern durch die bekannte rosarote Brille. Das Thema WASSER war ja im Grunde genommen nicht schwierig, aber gerade einfache Dinge in Worte zu fassen, die auch andere berührten, war eine richtig schwierige Aufgabe für sie. Sie wollte nun so vorgehen, wie Dominikus sie gelehrt hatte: erst zwei Minuten lang Worte finden, diese zu Sätzen formen und dann aus diesen Zeilen ein Gedicht entstehen lassen. Und dann fiel es ihr leichter und sie konnte bald folgende Worte auf ihrem Block lesen.

Wasser, du bist das Lebenselixier,

ohne das wir nicht leben können.

Ich weiß gar nicht, wie ich deinen Wert soll benennen.

Kein Wort reicht dafür aus, das wir kennen.

Keine Farbe deinen Wert malen kann.

Du schenkst mir Erfrischung, wenn ich dich trinken kann.

Du gibst mir Entspannung und Kraft,

wenn ich in dir baden darf.

Ich hoffe, dass immer mehr Menschen deinen Wert zu schätzen wissen,

denn wenn du knapp wirst, werden wir dich sehr vermissen.

Ich nehme dich dankbar an

und spare an dir so gut ich kann.

Ich freue mich immer, dich zu schmecken, zu spüren, zu fühlen,

zum Wärmen und zum Kühlen.

Ich bin glücklich und froh,

dich in reicher Menge zu haben, mein geliebtes H2O.

Katharina legte ihren Stift hin und reckte und streckte sich. Ihr Nacken war verspannt und ein leises Pochen in ihrem Kopf kündigte eine Schmerzphase an, von denen sie, seit sie hier war, verschont geblieben war. Doch gerade jetzt fühlte sich das alles ganz anders an und sie fürchtete sich vor dem, was kommen könnte. Sie wollte nun frisches Wasser trinken und etwas frische Luft atmen und hoffte, dass es ihr gleich besser gehen würde, und dass es nicht zu schlimm werden würde. Sie verließ ganz leise den Raum. Beim Rausgehen lächelte sie den anderen zu und besonders Renate und Josefine lächelten ganz liebevoll zurück. Renate war noch mit Schreiben beschäftigt, während Josefine auch schon fertig war.

Renate hatte das Thema WINTER und beim Lesen ihrer Karte wusste sie, dass es richtig war, dass genau sie dieses Thema hatte. Denn sie fühlte sich, als wäre in ihr drin auch seit langer Zeit Winter. Doch seit dem gestrigen Abend mit Frank spürte sie auch, dass sie innerlich langsam wieder auftaute. Und dann konnte sie ihre Zeilen verfassen.

WINTER

Der Winter in meinen Kindertagen

war herrlich, das darf ich so sagen.

Flocken tanzten um mich herum,

Kälte und Eis taten nicht weh,

beim Spielen im Schnee.

Warm war es in den Stuben,

wenn Oma am Kamin erzählte Geschichten,

den Mädchen und Buben.

Doch heute zeigt sich der Winter auf eine andere Art,

nichts ist weiß, nichts ist zart.

Man findet nur wenig von der weißen Pracht,

und kaum jemand gibt noch auf dies acht.

In den Herzen vieler Menschen ist es kalt,

und wer allein ist, glaubt es auch zu bleiben.

Ich wünsche mir für diesen Winter

Wärme, Schutz, ein gutes Herz,

und bin bereit dies auch zu geben,

und hoffe so auf ein neues Leben.

Sie las ihren Text nochmal durch. Er erschien ihr etwas zu traurig, aber sie wusste, dass es ihre Gefühle waren. Sie wusste, dass geschriebene Worte eine große Kraft hatten und nun wünschte sie sich, dass sie wirklich bald wieder einen Lebenspartner finden würde. Sie nahm sich vor, in der Nacht nach einer Sternschnuppe Ausschau zu halten, um dieser dann die Aufgabe zu geben, ihren Wunsch zu erfüllen.

Josefine dachte sich, dass es nun an der Zeit sei mit Katharina zu reden, als sie sah, dass Katharina leise den Raum verließ, und folgte ihr in den Garten. Dort traf sie Katharina, die völlig erschöpft auf einem großen Stein saß, einen großen Becher in der Hand hielt und in kleinen Schlucken daraus trank.

Sie ging zu ihr und fragte: „Darf ich dir Gesellschaft leisten oder willst du alleine sein?" Sofort sah sie, dass sich Katharinas Gesichtsausdruck von 'erschöpft' zu 'freundlich' veränderte. Katharina rückte ein Stückchen zur Seite, um Josefine Platz zu machen, und sagte zu ihr: „Ja gern, setz dich zu mir, die frische Luft tut gut. Bist du auch mit deinem Gedicht fertig?" Josefine antwortete ihr: „Ja, ich habe ein Gedicht geschrieben, aber ob das wirklich ein lyrisches Werk ist, wage ich nicht zu sagen. Aber ich wollte dich etwas anderes fragen." Katharina schaute sie an und sie spürte, dass der Kopfschmerz wohl nicht mehr lange auf sich warten lassen würde, und das beunruhigte sie. Sie wollte nicht, dass hier jemand etwas davon mitbekam. Mit einem etwas verkrampften Lächeln sagte sie zu Josefine: „Also, was willst du denn wissen?" Josefine fragte kurz und knapp: „Geht's dir gut?" Katharina nickte und sagte: „Ja klar, nur ein wenig Kopfschmerzen, keine Sorge." Und gerade in dem Moment überfiel sie der ihr sehr bekannte und vor allem von ihr gefürchtete Schmerz, der ihr vorkam als bohre sich ein heißer Nagel durch ihre Schläfe in den Kopf hinter das Auge. Katharina wurde leichenblass und sie hielt ihren Kopf in beiden Händen. Josefine sah, dass ihr Tränen aus den Augen schossen. Sie war sofort in großer Sorge und sagte: „Oh mein Gott, Katharina, was kann ich tun? Soll ich Hilfe holen?" Katharina schüttelte wortlos den Kopf und deutete wortlos an, dass sie nur eine kurze Ruhepause und Wasser brauche. Josefine setzte sich stumm neben sie und hielt ihre Hand und streichelte diese beruhigend. Nach einigen Minuten entspannte sich Katharina und konnte ihre Hand vom Kopf wegnehmen. Sie sagte zu Josefine: „So, jetzt geht's wieder! Diese Schmerzattacken sind Gott sei Dank nur kurz. Es tut dann höllisch weh, aber kurz drauf ist es vorbei. Ich habe ein gutes Medikament. Ich hatte es nur vergessen, rechtzeitig einzunehmen. Mach dir keine Sorgen, es ist alles gut!"

Josefine sagte zu ihr: „Aber Katharina, dieser Schmerz hat dich fast aus der Spur geworfen, das ist doch kein normaler Kopfschmerz. Was ist los mit dir? Bist du sehr krank oder hast du andere Probleme? Ich kann gut zuhören, wenn du mir etwas erzählen willst. Du musst es nicht, aber

das, was ich gerade erlebt habe, tut mir unendlich Leid! Lass dir helfen!"
Katharina nahm Josefines Hand und sagte: „Ich kann es dir nicht sagen,
was mit mir los ist, denn ich weiß es selber nicht. Diese Schmerzen kommen
unverhofft und man findet keine körperlichen Ursachen. Ich spüre
aber inzwischen, wann eine Schmerzattacke kommt, und wenn ich dann
schnell genug Ruhe finde und das Medikament nehme, kann ich es stoppen.
Ich war wohl nicht achtsam mit mir!" Katharina wischte sich eine
Träne aus dem Auge und lächelte Josefine tapfer zu. Josefine schaute
sie hilflos an und sagte: „Da muss es doch noch andere Lösungen geben.
Ich kenne mich mit menschlichen Krankheiten nicht gut aus, aber ich
denke zu wissen, dass alternative Methoden auch bei heftigen Schmerzen
helfen können. Sollen wir Alena vielleicht fragen, ob sie eine Idee
hat?"

Katharina sagte zu ihr: „Josefine, ich habe schon so viel ausprobiert,
diese Schmerzen traten zu schlimmen Zeiten bis zu zwanzigmal am Tag
auf. Und seit einigen Wochen werden sie weniger, und das eben war
der erste und einzige Schmerzanfall, seit ich hier bin. Daher bin ich
schon froh, dass es besser wird. Die Entspannung hier tut gut. Es könnte
sein, dass die Anstrengung vorhin eventuell zu groß war oder ich habe
während des Schreibens nicht genug getrunken. Nun geht's ja wieder."
Sie lächelte Josefine tapfer an. Josefine sagte zu ihr: „Das kann ja sein,
aber es sah für mich so schlimm aus. Du schienst mir sehr geplagt. Weißt
du wirklich, dass nichts Schlimmes vorliegt?" In dem Moment kam
Alena aus dem Haus. Sie sah die beiden an und sagte: „Na ihr zwei, alles
gut?" Katharina wollte gerade erklären, dass alles super sei, als Josefine
zu Alena sagte: „Mir geht es prima, aber Katharina hatte eine richtig
schlimme Kopfwehattacke! Hast du vielleicht einen Tipp für sie?" Alena
schaute Katharina besorgt an und fragte: „Wo genau sitzt dieser
Schmerz?" Katharina zeigte ihr die Stelle, versicherte aber sofort, dass

es ihr schon wieder sehr gut gehe. Alena sagte zu ihr: „Katharina, deine Augen zeigen mir dein Leid. Ich zeige dir nun eine Stelle, die du nur dreimal 10 Sekunden fest drücken musst, dann wird dieser Schmerz erst geringer und nach einigen Tagen und mehreren Anwendungen werden die Attacken weniger. Ich gebe dir nachher noch ein Öl, mit dem du diese Stelle öfter einreiben kannst. Du wirst sehen, es wird besser, aber du solltest eine schlimme Krankheit auf jeden Fall medizinisch ausschließen lassen." Katharina erklärte ihr, dass sie alle Untersuchungen ohne Ergebnis hinter sich hatte und ließ sich von Alena den Punkt zeigen, den sie zur Vorbeugung und Besserung massieren sollte. Sie spürte schon kurz nach Alenas erster Akupressur etwas Erleichterung in Form einer Entspannung der Muskeln, was ihr einfach gut tat. Alena zeigte ihr noch verschiedene Punkte, die sie bearbeiten konnte, wenn sie spürte, dass der Schmerz kommen würde. Ihr größter Wunsch nach einer schmerzfreien Zeit schien sich zu erfüllen. Und dieser Gedanke machte sie dankbar.

Josefine hörte genau zu. Sie war vollkommen fasziniert von dem, was Alena alles wusste. Und wieder spürte auch sie dieses Gefühl der Dankbarkeit, hier sein zu können.

Robert hatte die Szene beobachtet. Nun kam er zu den drei Frauen und setzte sich zu ihnen auf den anderen Stein. Er wollte nicht aufdringlich wirken, aber es interessierte ihn schon, was hier gerade geschah. Er spürte auch, dass ihn die Zeit hier im kleinen Künstlerhaus verändert hatte. Er hatte zuvor mit seiner Frau telefoniert und ihr gesagt, dass er sie liebe und mit ihr ein neues Leben beginnen wolle. Seine Frau war noch etwas verunsichert, wie das „neue Leben" wohl aussehen werde. Aber er war voller Zuversicht, dass ihm und seiner Frau das gelingen würde, denn er hatte hier Kraft getankt, gespürt, was wirklich wichtig ist, und er war sich der stärksten Kraft bewusst geworden, die es gab, nämlich der Kraft der Liebe. Mit diesem inneren Mut- und Kraftgefühl hörte er Alena, Josefine und Katharina zu. Er sagte zu Katharina: „Ich wünsche dir von Herzen gute Besserung, und dass es dir bald ganz gut geht!" Katharina stand auf und sagte zu ihnen: „Danke! Ihr seid sehr lieb zu mir. Ich bin froh über alle guten Wünsche und Hilfe, aber jetzt geht es mir wieder besser und wir sind hier, um zu schreiben und Neues zu lernen, und nun gehen wir ins Schreibzimmer, wo die anderen bestimmt auf uns warten. Eigentlich müssten nun alle Gedichte fertig sein. Was meint ihr?" Josefine stimmte ihr zu und dann gingen sie zurück ins Schreibzimmer.

Dort herrschte ein munteres Durcheinanderreden. Dominikus saß ganz ruhig auf seinem Platz und schaute und hörte den anderen zu, während alle durcheinander erzählten, welche Schwierigkeiten beim Dichten entstanden waren. Als dann die drei das Zimmer betraten, stand er auf und sagte:

„So, meine lieben Schriftsteller, ich glaube, alle haben ihre Aufgabe fertig und wir dürfen uns auf die Vorleserunde freuen. Ich denke, ihr habt Gutes geschrieben, und ich erwarte gespannt, wie ihr eure Themen bearbeitet habt. Ich habe euch ja alle während des Schreibens beobachtet und auch gesehen, dass diese Aufgabe nicht so einfach für euch alle war. Es hat mir sehr viel Freude bereitet, wie ihr mit all euren Möglichkeiten das Tor zum Schreibparadies durchschritten habt und ich sehe, dass jeder und jede von euch ein Schriftstück vor sich liegen hat.

Ich schlage vor, dass Giselle beginnt, ihr Gedicht zum Thema 'Frühling' vorzulesen. Ich wünsche mir, dass ihr vor dem Vorlesen kurz schildert, welche Gefühle ihr beim Schreiben hattet, und dann wieder die bekannte Atemübung durchführt und dann ganz bewusst euer Werk mit den anderen teilt."

Giselle legte ihr Schreibbuch ganz ordentlich vor sich auf den Tisch, strich die schön beschriebene Seite glatt und begann dann zu erzählen: „Zuerst dachte ich, das Thema 'Frühling'sei dichterisch leicht umzusetzen. Doch dann fielen mir so viele Gedichte dazu ein, die andere Dichter verfasst haben. Ich wollte nun etwas Neues schreiben, aber Frühling bedeutet nun mal Frische, Blumen und Freude. Daher ist mein Gedicht auch nicht wirklich anders, aber es ist von mir und ich bin auch etwas stolz auf mich." Dann atmete sie tief ein und begann mit ihrer klaren Stimme ihre Zeilen vorzutragen. Die anderen hörten ihr sehr aufmerksam zu und als sie ihre Lesung beendet hatte, klatschten alle Beifall und Giselle war glücklich.

Dominikus lächelte Giselle zu, beglückwünschte sie zu ihrem Werk und sagte dann: „Nachdem wir nun schöne Gedanken zum Thema 'Frühling' vernommen haben, würde ich nun gern Robert bitten, uns sein Werk zum Thema 'Erde' vorzulesen.

Robert stand auf und sagte mit etwas zittriger Stimme: „Ich habe mein Gedicht draußen geschrieben, wo ich mich sehr mit der Erde verbunden fühlte. Ich stellte mir zuerst die Frage, was ich beschreiben will, die Erde, auf der wir leben oder die Erde, in die wir etwas pflanzen dürfen. Nun dürft ihr vernehmen, was ich daraus gemacht habe. Ich wünsche mir sehr, dass ihr auch Freude daran habt und versteht, was ich ausdrücken wollte." Auch er atmete tief durch, räusperte sich und spürte, dass er aufgeregt war. Aber dann dachte er: „Was soll's? Ich bin hier mit den anderen, die das Schreiben auch wie ich erst lernen und es kann nichts schief gehen." Er blickte noch einmal in die Runde. Er blickte in die erwartungsvollen Gesichter seiner Mitschreiber und dann las er mit voller, sicherer Stimme und ohne den kleinsten Fehler sein Gedicht. Er war selbst ganz überrascht, wie schön es sich anhörte. Als er das letzte Wort gelesen hatte, war es ganz still im Raum. Er atmete wieder tief ein und schaute sich im Raum um und dann gaben ihm die anderen durch ihren Applaus zu verstehen, dass sie sein Werk auch sehr schön fanden. Robert war sehr erleichtert, denn das Reden oder sogar Vorlesen vor anderen traute er sich sonst nie zu. Es fühlte sich aber sehr gut für ihn an.

Dominikus sagte nun: „Danke lieber Robert, es war sehr schön, dir zuzuhören. Nun möchte ich Josefine die Gelegenheit geben, uns ihr Sommergedicht zu präsentieren."

Josefine freute sich darüber und über die Gelegenheit ihr Werk mit den anderen zu teilen und danach waren alle auch darüber erfreut. Alle verstanden das, was Josefine in ihren Worten ausdrückte. Auch Dominikus war glücklich, dass Josefine so schöne Worte zum Thema 'Sommer' gefunden hatte. Er sprach nun ganz bewusst Anastasia an: „Anastasia, du hast das Thema 'Feuer' bearbeitet und ich finde, es passt nun sehr gut. Deshalb darfst du nun weiter machen."

Anastasia bedankte sich für die netten Worte und begann ohne große Einführungsworte ihr lyrisches Werk vorzulesen. In den ersten Worten ihres Werkes mit dem Titel *Feuer* spürten sie und auch die Zuhörer eine gewisse Unsicherheit. Doch dann fiel es ihr ganz leicht, den emotionalen Text klar und deutlich zu lesen. Als sie die letzten Worte *„und dann,*

dann zünde ich ganz langsam eine kleine Flamme an" gelesen hatte, geschah etwas ganz Unerwartetes. Antony stand auf, ging zu ihr, nahm eine kleine Streichholzschachtel aus seiner Tasche und entzündete ein Streichholz. Dann flüsterte er ihr zu: „Anastasia, ich möchte gern dieses Feuer mit dir entzünden und mich mit dir daran wärmen." Anastasia, die vorher schon emotional angespannt gewesen war, traten Tränen in die Augen und sie sagte ganz leise: „Gern, Antony, lass es uns probieren. Ich mag dich gern, besonders seit gestern". Sie nahm seine Hand und gab ihm einen zarten Kuss auf die Wange. Alle anderen erlebten diese kleine Szene und staunten über das, was gerade geschah. Dominikus ging zu den beiden, legte jedem eine Hand auf die Schulter und sagte zu ihnen: „Ich wünsche euch beiden nur das Allerbeste, vor allem ganz viel Glück!"

Nach dieser kleinen Liebesszene sorgte nun Dominikus dafür, dass sich nun wieder alle auf ihre Gedichte konzentrieren konnten. Er sagte zu Antony: „Nun, Antony, du darfst nicht nur das Feuer mit Anastasia anzünden, du darfst nun dein Gedicht zum Thema 'Herbst' vortragen." Antony gab Anastasia noch einen zarten Kuss, nahm seinen Schreibblock und stellte sich vor die Gruppe. Er zeigte sein Bild in die Runde und erklärte: „Ich habe zuerst meine Gedanken gemalt und Dominikus brachte mich auf die Idee, mich durch meine Bilder zu meinen Texten bringen zu lassen. Somit kommt der Sinn meiner Worte auch als Bild in den Köpfen meiner Leser an und meine Leser oder, wie jetzt, meine Zuhörer können sich alles besser vorstellen." Das Bild war in verschiedene Felder unterteilt und zeigte einen Baum mit bunten, golden leuchtenden Blättern und einen weiteren Baum, der so reich an Äpfeln war, dass sich seine Äste bogen. In dem anderen Feld des Blattes erkannte man einen Ofen, der einen Mann wärmte, während man Sturm und Regen in Andeutungen erkannte. Und das letzte Feld des Blattes war bemalt mit einem Mann, der eine Blumenzwiebel in die Erde pflanzte, über der dann ein großes Fragezeichen stand. Alle blickten fasziniert dieses Bild an und hörten Antonys Stimme zu. Alle fühlten seine in Worte gefasste Herbstimpression. Als er mit Lesen fertig war, erntete auch er Beifall und war sehr zufrieden. Dominikus freute sich so sehr über alle Werke und erteilte nun Katharina die Erlaubnis ihren Text zum Thema 'Wasser' vorzutragen.

Katharina ging es wieder gut, jedoch fiel es ihr sehr schwer, vor den anderen ihr Gedicht vorzulesen. Sie atmete tief ein und aus, nahm all ihren Mut zusammen und begann zu lesen. Alle hörten auch ihr ganz aufmerksam zu und nachdem sie fertig war, applaudierten alle. Katharina atmete erleichtert auf und gleich spürte sie einen kleinen Schmerz in ihrer linken Schläfe. Sofort erinnerte sie sich an die Akupressur, die Alena ihr gezeigt hatte, und nach deren Anwendung wurde es schnell besser. Nun wusste sie, dass auch Aufregung, selbst die vor angenehmen Dingen, ihren Kopfschmerz auslösen konnte. Diese Erkenntnis schrieb sie sich gleich auf, denn ihr wurde klar, dass es ihre eigene Aufgabe war, herauszufinden, was ihr nicht gut tat und was sie für sich selbst tun konnte. Dominikus lobte Katharina auch für ihre Schreibkunst und lud nun Renate dazu ein, ihr Wintergedicht mit den anderen zu teilen.

Das machte Renate sehr gern und erklärte ihren Schreibkollegen: „Ich habe das Thema 'Winter' bekommen und ich dachte direkt, dass das genau zu meinem Leben passt. Aber durch das Schreiben erlebe ich, dass der Winter meines Lebens sich bald in Frühling verwandeln wird. Nun hört mir zu, was ich verfasst habe!" Alle taten das und erfreuten sich an Renate und ihrem Gedicht.

Nach Renates Lesung trat Dominikus vor die Gruppe und erklärte ihnen: „Ich bin so glücklich über das, was ihr geleistet habt. Es tut mir unendlich gut zu erleben, wie ihr eure Schreibkunst auslebt. Ich habe mir gerade überlegt, dass ich mir später alle Gedichte von euch nehme und dann bald einen Gedichtband daraus mache. Natürlich nur, wenn ihr das auch wollt. Und vielleicht will Antony noch Bilder dazu zeichnen. Ach, das stelle ich mir gerade wunderschön vor." Alle waren von dieser Idee vollends begeistert und sehr aufgeregt. „Nun", sagte Dominikus, „gibt es aber zuerst ein gutes Mittagessen und ihr habt Pause. Entspannt euch, trinkt genug Wasser und gönnt euch noch frische Luft. Nach dem Mittagessen und einer kurzen Ruhepause findet dann hier im Schreibzimmer unsere letzte Schreibrunde statt. Danach werden wir uns voneinander verabschieden müssen. Ich freue mich darauf, euch nachher wiederzusehen. Nun wünsche ich uns Guten Appetit. Frank und Alena warten im Speisezimmer auf uns."

Als Renate den Namen Frank hörte, hüpfte ihr Herz. Sie dachte sofort an Franks magische Hände und seine Kunst zu massieren und sofort merkte sie, wie sich eine zarte Röte auf ihren Wangen ausbreitete.

Im Speisezimmer war der Tisch sehr schön gedeckt. Frisches Brot, gesalzene Butter und Krüge mit frischem Quellwasser und Apfelwein standen auf dem Tisch. Alle nahmen Platz und freuten sich auf den Gaumenschmaus, der sie erwartete. Frank und Alena hatten mit großer Freude und Mühe gutes Essen gekocht und nun durfte Frank diese netten Menschen verwöhnen. Als alle an ihrem Platz saßen, erklärte er das Menü: „So, ihr lieben Dichter, Alena und ich haben für euch ein kulinarisches Gedicht kreiert. Als Vorspeise habe ich für euch eine Suppe aus roten Beeten gekocht und mit Kräutern aus meinem Garten dekoriert. Als

Hauptspeise hat Alena für uns eine Gemüselasagne mit Käsesoße zubereitet. Das Dessert, kleine Pfirsischkuchen mit Vanillesoße, haben wir gemeinsam gemacht. Ich hoffe, es schmeckt euch und mir so richtig gut. Guten Appetit!" Frank verschwand in der kleinen Küche und kam gleich wieder mit kleinen, weißen Suppentassen heraus. Es sah so schön aus, die Suppe in der Farbe Pink und darauf das satte Grün der Gartenkräuter. Als er Renate die Suppe hinstellte, lächelte sie ihm zu und sagte zu ihm: „Diese Suppe ist ja auch ein Gedicht. Wenn ich sie nur halb so gut genießen kann wie deine Massage, dann erwarte ich einen Nachschlag." Dabei zwinkerte sie ihm zu. Frank fragte: „Wovon willst du einen Nachschlag? Von der Suppe oder der Massage? Beides ist möglich!" Dabei lächelte er vielsagend.

Alle genossen das leckere Menü und am Tisch wurden leise Gespräche geführt. Als Alena die kleinen Kuchen zum Dessert servierte, bot sie jedem Kaffee an, den alle gerne annahmen. Josefine saß genießerisch auf ihrem Platz und bedankte sich immer wieder bei den beiden Köchen. Sie sagte zu Frank: „Ich bin so froh über all das, was ich hier erleben durfte, aber euer heutiges Menü ist der pure Genuss. Ich weiß gar nicht, wie ich euch danken kann. Es ist alles so schön hier, ich will eigentlich gar nicht nach Hause." Katharina konnte ihr da nur zustimmen. Auch Giselle und Renate genossen alles. Robert verzehrte seinen kleinen Kuchen und nahm sich vor, Alena und Frank nach den Rezepten zu fragen, um das Essen für seine Frau in der nächsten Zeit zu kochen. Er wollte sie so gern verwöhnen und mit diesem Menü wäre das sehr gut möglich. Früher hatte er oft gekocht, daher dachte er, dies zu können. Antony und Anastasia gingen nach dem Essen nach draußen, um ein bisschen allein zu sein. Alle anderen wussten, dass das für die beiden wichtig war, und akzeptierten diesen Wunsch. Sie freuten sich alle, dass es den beiden gut ging, und Giselle wünschte ihnen im Stillen das Glück, das das Leben ihr auch geschenkt hatte, die richtige Liebe.

Dominikus stand auf und sprach seine Schreibschüler an: „Ich weiß, dass ihr alle gern hier seid. Und das freut mich auch so sehr. Nun kommt bald die Stunde des Abschiednehmens. Ich lade euch ganz herzlich ein, dass wir diese Stunde so fröhlich wie möglich gestalten. Das heißt, dass wir uns alle positive Gedanken schenken. Ich hatte euch zu Beginn unseres Seminars versprochen, dass ihr reicher nach Hause fahren werdet. Nun habt ihr noch etwa eine Stunde Zeit, zu euch zu finden, um dann später wieder zusammen etwas Schönes zu kreieren. Was es genau sein wird, verrate ich euch später. Bitte gönnt euch eure Zeit, um Schönes zu sehn und zu hören. Gebt euch nicht der Trauer des Abschieds hin, sondern der Freude des Daseins."

Alle folgten seinen Worten und gingen entweder in ihre Zimmer oder spazierten zum Waldesrand. Giselle telefonierte wieder mit ihrem Mann, um ihm wieder für die wunderbare Zeit im Naturjuwel zu danken. Renate suchte Frank im Garten und fand ihn im Kräutergarten, den er von unerwünschten Kräutern befreite. Er blickte zu ihr auf: „Renate, welche Freude, dass du kommst. Ich dachte gerade über alle Teilnehmer dieses Seminars nach. Ich mag Menschen und interessiere mich für deren Leben. Du hast mich ganz besonders fasziniert. Du hattest so tieftraurige Augen als ich dich das erste Mal sah, und da erwachte schon der Wunsch in mir, dir etwas Gutes zu tun. Ich könnte dir noch viel mehr Gutes tun, wenn du es möchtest!" Renate schaute ihm tief in die Augen und sagte zu ihm: „Lieber Frank, du hast mir Gutes getan. Du hast mir das Gefühl zurückgegeben, von dem ich glaubte, es verloren zu haben. Du hast mir gezeigt, dass ich eine schöne Frau bin. Du, das tat so unendlich gut. Ich würde mir gern wieder eine Massage von dir gönnen, doch nun erwartet uns Dominikus zum Abschluss des Seminars. Darf ich wieder kommen? Vielleicht nur zu dir?" Frank nickte und zog eine kleine Karte aus seiner Hosentasche: „Hier hast du meine Telefonnummer. Du sollst wissen, dass ich für dich da bin, zum Reden, Wandern oder zum Verwöhnen, wie du es willst. Und nun gehe ins Schreibzimmer, ich nehme an, Dominikus erwartet euch schon. Ich werde nachher nicht da sein. Ich mag Abschiede nicht." Er hauchte Renate einen flüchtigen Kuss auf die Wange, umarmte sie herzlich und dann gingen die beiden auseinander. Als Renate sich noch einmal umdrehte, sah sie, dass Frank ihr nachschaute und dann winkte sie ihm fröhlich zu und ging glücklich zurück ins Schreibzimmer.

Katharina hatte sich noch mit Alena verabredet, die ihr ein Öl gab, das ihr helfen sollte, ihre schlimmen Kopfschmerzen zu lindern. Alena akupressierte Katharinas Schmerzpunkte und erklärte ihr noch die Anwendung des Heilöls. Katharina umarmte sie dankbar und hoffte, dass sie in Zukunft ihren Kopfschmerz auf diese Art würde besiegen können.

Im Schreibzimmer waren Giselle, Josefine und Robert in eine eifrige Unterhaltung vertieft. Antony saß ganz nachdenklich an seinem Platz und zeichnete. Er zeichnete den Raum und die Teilnehmer. Als er Dominikus zeichnete, spürte er, welche Freude er gerade hatte. Er lächelte in sich hinein. Alena kam in das Zimmer und fragte: „Darf ich bei eurer letzten Schreibrunde dabei sein? Ich möchte jetzt nicht gern alleine sein und ich möchte euer Schreiben noch etwas begleiten". Alle waren einverstanden und Alena setzte sich zu ihnen an den Tisch und fragte besorgt: „Wo ist denn Anastasia?" Alle schauten sich um, denn sie war noch nicht da. In dem Moment ging die Tür auf und Anastasia erschien, bekleidet mit dem kurzen schwarzen Rock, der kurzen Bluse und den High Heels an den Füßen. Sie trug das rote Haar offen und ihr Gesicht war sehr gut geschminkt. Unter ihrem Arm trug sie ein kleines Päckchen, das in Zeitungspapier gewickelt und mit einem roten Haarband verschlossen war. Sie rief munter in den Raum: „Ich bin nun da, und du, Alena, Gott sei Dank, auch, denn dich hab ich gesucht!" Alle schauten sie überrascht an. Sie hatten sich doch schon an die ruhigere Anastasia gewöhnt und nun trat sie wieder so schrill und laut auf. Alena schaute sie auch völlig verwundert an und fragte: „Du hast mich gesucht?" „Ja", antwortete Anastasia, „es ist mir sehr wichtig, dir das zu geben!" Sie überreichte Alena das kleine Päckchen. Das erste Wort, das Alena auf dem Zeitungspapier las, war „Danke" und dann „Offene Worte". Sie war gerührt, weil sie ein Geschenk bekam und das so originell eingepackt war. Sie nahm es und bevor sie sich bedanken konnte, sagte Anastasia, dass sie das Päckchen auspacken solle. Sie wollte so gern Alenas Freude sehen. Alena öffnete das Papier, legte das rote Haarband sorgsam zur Seite und dann erblickte sie den Poncho, der ihr am Vorabend so gut gefallen hatte. Sie streichelte den weichen Wollstoff und bedankte sich mit feuchten Augen bei Anastasia: „Das ist doch nicht nötig. Du musst mir den Poncho doch nicht schenken. Er ist doch viel zu wertvoll." Anastasia schaute sie liebevoll an und sagte: „Du hast ihn verdient. Ich möchte so gern, dass du ihn bekommst." Alena umarmte die nun schüchtern wirkende Anastasia und sagte: „Dann nehme ich ihn sehr gern an. Er hat mir direkt so gut gefallen und ich werde ihn mit viel Achtung und Wertschätzung tragen, und das Haarband mag ich auch. Ich danke dir so sehr!" Sie umarmte Anastasia besonders herzlich und flüsterte ihr dabei ins Ohr: „Du bist auf dem richtigen Weg. Geh ihn weiter, aber ziehe andere Schuhe an!" Dann lachten beide. Dominikus stand nun auf und sagte: „Ich freue mich, dass ihr euch gut versteht, aber nun möchte ich mit euch die letzte Aufgabe unseres Schreibseminars angehen. Setzt euch hin und hört genau zu. Ich habe hier etwas für euch gemalt." Er blätterte das erste Blatt seines großen Blocks um und alle erkannten eine Schatztruhe. „Ich möchte nun mit euch zusammen einen Lebensschatz erstellen. Das heißt, ihr schreibt nun keine eigene Geschichte, ihr schreibt jeder einen Teil UNSERER Geschichte. Ihr dürft für euch ausdenken, was ihr in die Truhe des Lebensschatzes legt. Das schreibt ihr dann auf und danach lassen wir daraus diesen Schatz entstehen. Es ist dann ein Erfahrungsschatz, der vielleicht auch ein Lebensschatz sein kann."

Er schaute in zuerst ratlose, dann begeisterte Gesichter und alle schienen sofort zu wissen, was ein jeder in die Truhe legen wollte.

Sie schrieben und malten, sie strichen aus und formulierten neu. Dominikus erklärte, dass es bei dieser Aufgabe nicht zwingend auf die perfekte Formulierung ankam, sondern vielmehr darauf, dass er später eine gefüllte Schatztruhe vorfinden würde. Jedoch hatten sich die Schriftsteller die Aufgabe gestellt, dass diese Geschichte eine ganz besondere sein sollte, denn diese blieb mit Sicherheit in ihren Erinnerungen bestehen und somit gaben sich alle die größte Mühe, ihr Bestes zu dieser Aufgabe beizutragen.

Nach einer halben Stunde zeigten ihm die Gespräche, die seine Kursteilnehmer miteinander führten, dass alle mit ihrer Schatzsuche fertig waren. Er forderte sie nun auf, zu der Truhe zu gehen und ihren Anteil zum Erfahrungsschatz zu legen. Anastasia wollte damit beginnen. Sie trat zu dem großen Bild und erzählte ihren Zuhörern: *Ich lege Münzen in die Truhe. Manche von ihnen glänzen auf beiden Seiten. Das sind die, die für die Menschen stehen, die ich kenne, denen ich vertraue und die ich mag. Und ich lege Münzen rein, die auf einer Seite noch matt sind. Die symbolisieren die Menschen aus meinem Leben, die ich kenne, aber denen ich noch nicht richtig vertrauen kann. Ich weiß auch noch nicht, ob ich sie mag, aber ich möchte ihnen die Chance dazu geben, daher dürfen auch diese in die Truhe."* Dann nahm sie einen Stift und malte einige Münzen auf den Boden der Schatztruhe. „Ich dachte mir gerade, dass es schön wäre, diese Truhe auch wirklich zu füllen!" erklärte sie ihr Tun. Alle waren erstaunt und gern damit einverstanden. Sie setzte sich auf ihren Platz und Giselle ging nach vorne: *„Ich lege eine weiße Feder in die Truhe. Das bedeutet mir sehr viel, denn wenn ich eine weiße Feder finde, sehe ich darin eine Verbindung zu meinen lieben Verstorbenen oder auch zu anderen Engeln. Ich liebe weiße Federn, denn sie erinnern mich auch immer an die Leichtigkeit, die unser Leben begleiten darf."* Sie malte eine Feder über die Münzen.

Katharina ging nun nach vorne und man spürte, dass ihr das Sprechen etwas schwer fiel. Ihre Stimme zitterte etwas vor Rührung: *„Ich lege Juwelen in die Schatztruhe. Sie stehen für meine Freundinnen und meine Familie. Sie sind mir so wertvoll, sie sind verschieden und doch ähnlich. Einige fand ich, da war mir ihr Glanz noch nicht so bewusst. Doch im Laufe des Lebens wurden sie mir sehr, sehr wertvoll. Deshalb sollen sie im Lebensschatz Platz finden. Es sind viele Juwelen, und als ich eben darüber nachdachte, wen jeder Juwel symbolisiert, fiel mir ein, dass mir leider ein Juwel genommen wurde. Ich durfte ihn nicht behalten, aber jetzt und hier darf ich durch euch, meine lieben Mitschreiber, meinem Schatz noch einige neue Juwelen zuführen."* Katharina malte verschiedene Formen von Edelsteinen. Sie schaffte es, mit wenigen Strichen ihren Wert darzustellen.

Josefine schaute Katharina an, während sie vor die Gruppe trat, lächelte und drückte ihr die Hand. Sie stand nun vor den anderen und erklärte in kurzen Sätzen: *„Mein Beitrag zum Lebensschatz sind Perlen. Es sind drei große und viele kleinere. Ich packe sie in Watte, denn sie sind da für* *das, was mir am wichtigsten im Leben ist. Die großen stehen für meine Familie und die kleinen für meine Tiere.*" Sie malte ein kleines Säckchen mit unterschiedlich großen Perlen in die Truhe.

Nun stand Robert auf. Bevor er erklärte, malte er einen Stein: *„Ich lege einen normalen Stein in den Schatz, der vielleicht wertlos scheint, aber es ist der Stein, der mein Tor zur Veränderung verschlossen hatte. Durch die Zeit hier, hat er sich gelöst und nun ist der Weg zur Veränderung frei. Er ist nicht mehr blockiert. Daher ist dieser Stein mehr als wertvoll und verdient es somit im Lebensschatz einen Platz zu haben!"*

Robert übergab den Stift ohne Worte an Antony, der ein Bild in der Hand hielt: *„Ich darf dieses Bild vom Wasserfall dem Erfahrungs- oder Lebensschatz zufügen, denn dort wurde mir die Erkenntnis gegeben, was im Leben wirklich zählt, und Macht und Geld sind es nicht."* Er nahm eine Büroklammer und heftete sein Bild einfach an die gemalte Schatztruhe.

Als letztes stand Renate auf. Sie sagte: *„Ich habe mir lange überlegt, was ich Wertvolles in die Truhe legen kann. Mir fiel Gold ein und Öl, ja, ihr habt richtig gehört, Öl. Früher wurden Könige bei ihrer Krönung mit Öl gesalbt, und ich wurde hier im kleinen Künstlerhaus von Frank mit einem wohltuenden Öl massiert. Das gab mir das Gefühl zurück, wertvoll zu sein. Ja, ich durfte mich wie eine Königin fühlen, daher findet das kleine Ölfläschchen Platz in dieser Truhe."* Sie malte das Ölfläschchen dazu. Dann malte sie kleinere Goldbarren neben die Truhe. *„Das Gold steht für Dinge oder Menschen, die auf den ersten Blick golden wirken, aber beim genauen Hinschauen spürt man, dass der Glanz keinen tiefen Wert hat. Die wollten ursprünglich in den Lebensschatz, aber ich brauche sie* *nicht und lege sie daher daneben. Dann kann sie sich vielleicht jemand nehmen, für den diese Goldbarren wirklich wertvoll sind."*

Renate setzte sich wieder auf ihren Platz. Im Raum war es still, als Dominikus aufstand und zu dem Bild ging, das inzwischen sehr lebendig wirkte. Er stand davor, betrachtete es, strahlte seine Gruppe an und dann fing auch er an zu malen. Er malte einen Schlüssel: *„Und das ist der Schlüssel, der diesen Schatz zu öffnen vermag. Er trägt den Namen DANKBARKEIT."* Alle schauten ihn glücklich an. Er hatte wieder einmal die richtigen Worte gefunden.

Im Schreibzimmer des kleinen Künstlerhauses erlebten alle einen Augenblick, für den selbst die Autoren keine Worte fanden. Sie lächelten einander zu. Sie waren froh, diese Aufgabe so schön durchgeführt zu haben. Sie fühlten sich miteinander verbunden, aber sie wussten auch, dass nun auch ihre letzte Aufgabe im kleinen Künstlerhaus geschafft war, und das stimmte sie alle auch etwas melancholisch.

Dominikus spürte diese Stimmung im Raum und sprach dann weiter: „Dieser Lebensschatz ist so wertvoll und noch schöner als ich es erwartet hatte. Vor allem gefiel mir Anastasias Idee, die Schatztruhe auch wirklich zu füllen, sehr gut. Danke Anastasia! Ich möchte aus diesem, eurem Schatz eine Geschichte machen und sie meiner Geschichtensammlung zufügen. Natürlich nehme ich eure Gedanken und Formulierungen genauso auf, wie ihr sie geschrieben habt. Ich möchte auch gerne dieses Bild dazu nehmen, falls ihr damit einverstanden seid. Ich werde euch dann diese Geschichte schicken und dann habt ihr alle miteinander einen Lebensschatz, der uns verbindet. Ich finde, das ist ein wunderbarer Abschluss einer wundervollen Zeit. Ich sage das Wort 'wundervoll' nicht einfach so daher. Nein, ich fühle so. Ich habe in der

Zeit mit euch hier echte Wunder erlebt. Es waren stille Wunder, aber sie fanden statt, und ich weiß, dass jeder und jede von euch weiß, was ich damit meine. Nun möchte ich noch gerne mit euch Kaffee trinken und ein Stückchen Kuchen essen und dann verabschieden wir uns. Ich will, dass ihr fröhlich auseinander geht, und dass ihr alle ein klein wenig glücklicher nach Hause fahrt, als ihr gekommen seid." Alle klatschten und in vielen Augen schimmerten ein paar Tränchen, aber niemand wollte dem Gefühl der Trauer nachgeben. Die Zeit im kleinen Künstlerhaus war jedem dazu zu wertvoll.

Somit plauderten sie fröhlich und munter und als der letzte Krümel des leckeren Kuchens gegessen und die letzte Tasse Kaffee getrunken waren, stand Robert auf und sagte: „Wir waren hier zum Schreiben und haben zu leben gelernt. Wir haben schöne Stunden gehabt und viel nachgedacht und eben habe ich für euch noch ein Gedicht gemacht. Ich nenne es 'Wegbegleiter'. Ich möchte es euch sehr gerne vorlesen und mich somit als erster von euch verabschieden." Und dann las er mit seiner festen Stimme:

„Wegbegleiter für kurze Zeit,

so teilten wir Freud und Leid,

fremd waren wir, doch dann

spürten wir, dass man sich vertrauen kann.

Schreiben und Hören, Lachen und Scherzen,

Reden aus vollem Herzen,

Erzählen, wer oder was ich bin, das war unser täglicher Sinn.

Sternstunden wurden uns geschenkt in froher Runde,

das Essen war köstlich zu jeder Essensstunde.

Menschen aus großen Städten trafen die vom Land,

was erst fremd war, ist nun bekannt.

Wir haben geschrieben, gelebt, geruht,

uns einander gesagt, was uns tut gut.

Und dann kommt die Stunde, wir sagen 'Ade'.

Zu Hause warten auf uns liebe Menschen,

der Abschied tut trotzdem etwas weh.

Es war eine schöne gelebte Zeit,

doch nun werden alle wieder ihre eigenen Wege gehen

und vielleicht werden wir uns wiedersehen."

Robert blickte in die Gesichter der Menschen, mit denen er diese wertvolle Zeit geteilt hatte. Alle klatschten ihm Beifall. Dann kamen alle nacheinander zu ihm und umarmten ihn. Dominikus legte einen Arm um Robert und flüsterte ihm zu: „Gibst du mir deinen Text? Dann mach ich ihn zum Lebensschatz und dann bekommen ihn alle. Oder willst du das nicht?" Robert antwortete ihm: „Darum wollte ich dich auch bitten, denn ich möchte den anderen diese Worte schenken. Ich bin so unendlich froh, hier gewesen zu sein. Danke für alles!" Nun umarmten sich zuerst die beiden und dann umarmten sich alle nacheinander. Jetzt spürten alle, dass der Abschied nun nicht mehr aufschiebbar war. Sie nahmen nacheinander ihre Taschen, tauschten ihre Telefonnummern aus und gingen winkend zu ihren Autos.

Giselle und Katharina versprachen sich und auch Josefine und Renate, dass sie sich auf jeden Fall wieder sehen würden. Antony und Anastasia trafen schon für die nächsten Tage eine Verabredung und alle wussten, dass das kleine Künstlerhaus sie wiedersehen würde.

Als alle weg waren, kam Frank zu Alena und Dominikus und sagte: „Was war das für eine tolle Gruppe. Ich bin sehr dankbar, dass ich mit euch zusammen hier sein kann." Dominikus legte ihm seinen Arm um die Schulter und nahm auch Alena dazu und sagte dann: „Ja, wir sind ein prima Team. Und ja, diese Menschen, mit denen wir die letzten Tage gelebt haben, waren wirklich ganz besonders. Ich wünsche mir, dass sie alle glücklich werden oder bleiben, und dass wir es schaffen, dass sie vielleicht in dieser Gruppe noch einmal hier zusammen kommen. Und nun lasst uns unsere Arbeiten machen, sonst werden wir auch noch traurig. Jeder Abschied bedeutet einen kleinen oder auch großen Verlust, aber jeder Abschied bietet uns auch die Gelegenheit, einen neuen Anfang zu wagen." Alena und Frank drückten ihm ganz fest die Hände und dann gingen sie, um das zu tun, was zu tun war.

Die Geschichte und die Autoren des kleinen Künstlerhauses sind frei erfunden, jedoch gab mir das reale Leben Vorlagen zu den Menschen, die sich dort trafen und auch einige Dialoge, die den Charakter des Romans ausmachen, entstanden durch real stattgefundene Gespräche oder Erfahrungen aus meinem Leben.

Es war mir eine große Freude, Wünsche, Erfahrungen oder auch Träume in Worte zu fassen und ihnen somit Leben zu verleihen. Ich wünsche meinen Lesern, dass sie beim Lesen viel Freude haben und vielleicht auch mal ein paar Worte schreiben, die dann zu Sätzen und dann zu Texten und vielleicht auch zu einem Roman werden.

Ich danke meiner Familie und meinen Freundinnen, die mich während des Schreibprozesses begleitet und mir immer wieder Mut gemacht haben, am Schreiben dran zu bleiben.

Zeitfracht Medien GmbH
Ferdinand-Jühlke-Straße 7
99095 Erfurt, Deutschland
produktsicherheit@kolibri360.de